도연명

산문집

저 천명을 즐김에 다시 무엇을 의심하리오

도연명 산문집

도연명 지음 · 김창환 역주

연암서가

역주자 **김창환** 金昌煥

서울대학교 사범대학 불어과를 졸업하고 서울대학교 인문대학 대학원 중문과에서 석사학위와 박사학위를 받았다. 이후 서울대학교 사범대학에서 초빙교수와 서울대학교 인문대학 중국어문학연구소에서 책임연구원을 역임했다. 현재 경남대학교 교양교육연구소에 재직하고 있다.

주요 저역서로 『도연명의 사상과 문학』(을유문화사), 『중국의 명문장 감상』(한국학술정보), 『대학장구·중용장구』(명문당), 『논어집주』(명문당), 『장자』(을유문화사), 『도연명시집』(연암서가), 『유원총보역주』(공역, 서울대학교출판문화원) 등이 있다.

E-mail : hskch@snu.ac.kr

도연명산문집

2022년 11월 20일 초판 1쇄 인쇄
2022년 11월 25일 초판 1쇄 발행

지은이 | 도연명
역주자 | 김창환
펴낸이 | 권오상
펴낸곳 | 연암서가

등록 | 2007년 10월 8일(제396-2007-00107호)
주소 | 경기도 고양시 일산서구 호수로 896, 402-1101
전화 | 031-907-3010
팩스 | 031-912-3012
이메일 | yeonamseoga@naver.com

ISBN 979-11-6087-103-6 03820
값 17,000원

도연명은 중국의 위진남북조 시기인 동진(東晉)에서 송(宋)으로 왕조가 교체되는 혼란기를 살면서 자신의 개성과 지조를 곧게 견지했던 사람이다. 그는 젊은 시절에는 유가적 소양을 닦았고 전원으로 돌아간 후에는 도가적 가르침을 생활 속에 실천하였는데, 특히 장자(莊子)의 영향이 지대하였다. 도연명은 소요유의 경지이자 삶의 터전인 전원에서 직접 농사지으면서 도가의 가르침에 따라 살았고 그 감회와 깨달음을 시문(詩文)으로 형상화해 내었다. 이후 그의 삶과 그가 남긴 작품은 혼란한 시대를 살아가는 사람들에게 이성을 잃지 않고 참된 자아를 유지할 수 있는 지표를 제공하였다.

『문선(文選)』을 엮은 것으로 유명한 남조(南朝) 양(梁)나라의 소명태자(昭明太子) 소통(蕭統, 501-531)은 도연명이 죽고 100여 년이 지난 뒤에 도연명의 시문을 모으고 교감하여 『도연명집(陶淵明集)』을 편찬하였다. 그 내력을 기록한 「서문」에서 그는, "도연명의 글을 제대로 읽을 수 있는 자가 있다면, 치달리며 다투는 마음이 버려지고 천박하고 인색한 뜻이 사라질 것이며, 탐욕스런 자가 청렴해질 수 있고 나약한 자가 뜻을 세울 수 있을 것이다.(有能觀淵明之文者, 馳競之情遣, 鄙吝之意祛, 貪夫

可以廉, 儒夫可以立.)"라고 하였다. 도연명의 글이 물욕에 이끌려 길을 헤매는 이들에게 앞길을 비춰주는 빛이 될 것임을 선언한 말이다.

도연명이 남긴 산문은 13편이 전한다. 많지 않은 분량이지만 그 가운데에는 「귀거래혜사(歸去來兮辭)」, 「도화원기(桃花源記)」, 「오류선생전(五柳先生傳)」 등 주옥같은 명편들이 있다. 그가 팽택현(彭澤縣)의 현령 자리를 버리고 전원으로 돌아간 뒤에 그간의 사정과 당시의 심경, 장래의 각오 등을 서술한 「귀거래혜사」는 지금까지 많은 사람들에 의해 애송되고 있는 불후의 명작이다. 도연명은 이 글에서 밝힌 지향을 평생토록 추구하였고 실천하였으니, 자기 자신의 '좌우명(座右銘)'과 같은 글이라고 하겠다.

역주 작업은 청(淸) 도주(陶澍, 1778-1839)의 『정절선생집(靖節先生集)』[대북(大北), 화정서국(華正書局), 1987]을 저본으로 하였다. 도주는 이 책의 「예언(例言)」에서, "세상에 전해지는 판본 중에 『탕문청본(湯文淸本)』, 『이공환본(李公煥本)』, 『하맹춘본(何孟春本)』이 가장 저명하다. … 비록 여러 서적을 두루 채용하였지만 요점은 이 세 책을 기본으로 삼았다.(世所傳者, 惟湯文淸, 李公煥, 何孟春三家最著. … 雖博采群籍, 要以三家爲本.)”라고 하였다. 당시에 전해지던 저명한 판본들을 바탕으로 고증하였음을 밝힌 것이다. 양계초는 도주본에 대해 “널리 여러 사람에게서 증거를 취하여 고증이 가장 정밀하다.(博證諸家, 考證最精.)”라고 평하였다.[『陶淵明』, 臺北, 中華書局, 1980 四版.]

2014년에 필자가 『도연명시집』 역주를 내면서 곧 이어 『도연명산문집』 역주를 낼 계획이었는데, 잠깐 사이에 여러 해가 지났다. 이제 시문의 역주를 마무리함으로써 오랫동안의 부담에서 조금은 자유로울 수 있겠다. 그것은 연암서가 권오상 대표님의 지속적인 관심과 배려에서 가능하였다. 초벌로 번역해 놓은 것들을 손질하여 책으로 내도록 격려해 주시고 나아가 멋진 모습으로 만들어 주신 덕택이다. 이 자리를 빌려 깊은 감사를 드린다.

2022년 10월

역자

◈—차례

1
선비가 때를 만나지 못한 것을 슬퍼하는 부와 서문

「감사불우부 병서(感士不遇賦 幷序)」

❖— **해제**

이 글은 도연명이 관직을 그만두고 전원으로 돌아온 다음 해인 의희(義熙) 2년(406)에 지은 것으로 추정된다. '불우(不遇)'는 때를 만나지 못하여 뜻을 펼치지 못한다는 뜻이다. 재능을 지니고도 뜻을 펴지 못한 옛 선비들의 예를 열거하면서, 자신도 같은 처지에서 그들로부터 위안과 용기를 얻고자 하는 내용이다. 결국 곤궁을 초월하여 소박함을 유지한 채 생을 마치겠다는 각오로 글을 맺고 있다.

❖— **역주**

서문

昔董仲舒[1]作士不遇賦,	옛날에 동중서는 「사불우부」[2]를 지었고
司馬子長[3]又爲之.	사마천도 그것[4]을 지었다.

---

1 동중서(董仲舒): 전한(前漢) 신도(信都) 출신으로 호가 계암자(桂巖子)이다. 금문경학가(今文經學家)로 한무제(漢武帝)에게 건의하여 유학(儒學)을 통치이념으로 채택하도록 하였다. 박사(博士), 교서상(膠西相) 등을 역임하였다. 『춘추(春秋)』에 뛰어났는데, 많은 저술 중에 유명한 것으로 『춘추번로(春秋繁露)』가 있다.

2 관련 작품 참조[p. 24]

余嘗以三餘之日,[5] 내가 일찍이 세 여가와
講習之暇, 강습하는 겨를에
讀其文, 그 글들을 읽고
慨然惆悵. 개탄하면서 서글퍼 하였다.

夫履信思順, 무릇 신의를 실천하고 (하늘에) 순응하기를 생각하는 것은
生人之善行, 사람의 착한 행실이고,
抱朴守靜, 순박함을 간직하고 고요함을 지키는 것은
君子之篤素. 군자의 독실한 일상이다.
自眞風告逝, 참된 풍속이 사라지면서부터
大僞斯興, 큰 거짓이 곧바로 일어나,[6]
閭閻懈廉退之節, 마을에서는 청렴과 겸손의 예절을 게을리하고

---

3 사마자장(司馬子長): 전한(前漢) 하양(夏陽) 출신의 사마천(司馬遷)으로 자가 자장(子長)이다. 20대 시기에 강회(江淮), 회계(會稽), 원(沅), 상(湘), 제(齊), 노(魯) 등 각지를 여행하였다. 무제(武帝) 시기에 낭중(郎中)으로 벼슬길에 올랐고 태사령(太史令)을 지냈다. 흉노에게 패한 이릉(李陵)을 변호하다가 부형(腐刑)에 처해졌다. 이후 『사기(史記)』의 저술에 진력하여 마침내 130권을 완성하였다.

4 관련 작품 참조[p. 30]

5 삼여지일(三餘之日): 삼국시대 위(魏)나라 동우(董遇)가 독서하기 좋은 때로, 겨울과 밤과 비오는 때의 세 여가를 들면서 말하기를, "겨울은 한 해의 여가이고 밤은 하루의 여가이며, 비오는 때는 계절의 여가이다.(冬者歲之餘, 夜者日之餘, 陰雨者時之餘.)"라고 하였다.[『삼국지 · 위지(魏志) · 왕숙전(王肅傳)』 배송지(裵松之) 주의 기록]

6 『노자 · 제18장』에, "대도가 사라지자 인의가 생겨났고, 지혜가 나오자 큰 거짓이 생겨났다.(大道廢, 有仁義, 智慧出, 有大僞.)"라고 하였다.

市朝驅易進之心,	시장과 조정에서는 쉽게 나아가려는 마음을 몰아가니,
懷正志道之士,	바름을 간직하고 도에 뜻을 둔 선비들 가운데
或潛玉於當年,	어떤 이는 한창때에 자신의 훌륭함을 감추고,
潔己淸操之人,	자신을 깨끗이 하여 지조를 맑게 갖는 사람들 가운데
或沒世以徒勤.	어떤 이는 세상을 마치도록 그저 수고롭기만 하다.
故夷皓有安歸之嘆,	그래서 백이(伯夷)[7]와 사호(四皓)[8]의 '어디로 갈 것인가'라는 탄식이 있었고
三閭發已矣之哀.	굴원(屈原)[9]이 '그만이로다'라는 슬픔을 드러낸 것이다.

7 백이(伯夷): 고죽국(孤竹國) 군주의 맏아들이다. 주(周)나라 무왕(武王)이 은(殷)나라 주왕(紂王)을 토벌하는 것을 찬탈이라 여기고, 동생 숙제(叔齊)와 함께 수양산에 들어가 고사리를 캐 먹다가 굶어 죽었다. 그들이 지은 「채미가(采薇歌)」에, "저 서산에 올라 고사리를 뜯는다. 폭력으로 포악을 바꾸면서 그 잘못을 알지 못하는구나. 신농씨, 순임금, 우임금, 홀연 돌아가셨으니, 우리는 어디로 가야 하나. 아 떠나리니, 천명이 쇠약해졌구나.(登彼西山兮, 采其薇矣. 以暴易暴兮, 不知其非矣. 神農虞夏, 忽焉沒兮, 我安適歸矣. 于嗟徂兮, 命之衰矣.)"라고 하였다.

8 사호(四皓): 진시황 시기에 포악한 정치와 세상의 혼란을 보고 상산(商山)에 은거했던 네 노인으로, 동원공(東園公), 하황공(夏黃公), 기리계(綺里季), 녹리선생(角里先生)이다. 그들이 지은 「자지가(紫芝歌)」에, "아득한 상산은 깊은 계곡이 구불구불하다. 빛나는 자줏빛 지초는 허기를 채울 만하다. 요순시대 멀어졌으니 우리는 장차 어디로 가야 하나. 네 마리 말이 끄는 높은 수레 탄 이들이여 그 근심이 매우 크다. 부귀하면서 남을 두려워하기보다는 가난하면서 내 뜻대로 사는 것이 낫겠다.(漠漠商山, 深谷逶迤. 曄曄紫芝, 可以療飢. 唐虞世遠, 吾將何歸. 駟馬高蓋, 其憂甚大. 富貴之畏人兮, 不若貧賤之肆志.)"라고 하였다.

悲夫.	슬프도다.
寓形百年,	백년의 시간에 몸을 맡겼다가
而瞬息已盡.	순식간에 이미 떠났구나.
立行之難,	덕을 세우고 행실을 닦기가 어려운데
而一城莫賞,	(그런 이들이) 한 개의 성도 보상받지 못했으니
此古人所以染翰慷慨,	이것이 옛 사람들이 붓을 적시고 격앙된 채
屢伸而不能已者也.	거듭 진술하면서 그만둘 수 없었던 까닭이다.
夫導達意氣,	의지와 기개를 드러낼 수 있는 것은
其惟文乎.	아마도 오직 글뿐일 것이다.
撫卷躊躇,	책을 잡고 머뭇거리다가
遂感而賦之.	마침내 느낌이 일어 (이 글을) 짓는다.

본문

咨大塊之受氣,	아아! 대자연이 기운을 내려 줌에,
何斯人之獨靈.	어찌 이 사람만이 유독 신령스러운가.
稟神智以藏照,	정신과 지혜를 받아 빛을 감추고,
秉三五而垂名.	삼정(三正)[10]과 오상(五常)[11]을 지켜 명성을 남긴다.

---

9 굴원(屈原): 전국시대 초(楚)나라 사람인 굴평(屈平)으로, 자가 원(原)이고 호가 영균(靈均)이다. 회왕(懷王) 때 삼려대부(三閭大夫)를 지내다가 참소를 당하여 면직되었다. 그가 지은 「이소(離騷)」에, "그만이로다. 나라 안에 사람이 없어 나를 알아줄 이 없으니, 또 어찌 조국을 그리워할 것인가.(已矣哉. 國無人, 莫我知兮, 又何懷乎故都.)"라고 하였다.

10 삼정(三正): 천(天), 지(地), 인(人) 삼재(三才)의 정도(正道)이다.

11 오상(五常): 인(仁), 의(義), 예(禮), 지(智), 신(信)이다.

或擊壤[12]以自歡,	어떤 이는 양을 치며 스스로 즐기고,
或大濟於蒼生,	어떤 이는 크게 창생을 구제하기도 하여,
靡潛躍之非分,	은거하거나 나서는 것이 각자의 분수 아님이 없으니,
常傲然[13]以稱情.	항상 득의한 채 뜻에 맞게 산다.
世流浪而遂徂,	세월은 흘러 마침내 가 버리고,
物群分以相形.	만물은 무리 별로 나뉘어 서로를 드러낸다.
密網裁而魚駭,	빽빽한 그물이 짜지자 물고기들이 놀라고,
宏羅制而鳥驚.	큰 그물이 만들어지자 새들이 놀란다.[14]

彼達人之先覺,	저 통달한 사람들은 먼저 깨닫고
乃逃祿而歸耕.	이에 벼슬을 피하여 돌아와 농사짓는다.
山嶷嶷而懷影,	산은 드높게 솟아 그림자를 싸안았고,
川汪汪而藏聲.	내는 드넓게 흘러 소리를 감추었네.[15]

---

12 양(壤): 흙으로 만든 악기의 일종이다. 또는 나무로 만들었다고도 하는 등 여러 설이 있다. 백성들이 태평성대를 구가하는 상징물로 쓰인다.

13 오연(傲然): 만족하여 뽐내는 모양, 즉 득의한 모양이다.

14 혼란한 시대를 살았던 사람들은 생명에 대한 위기감에서 세속을 '망(網)' 혹은 '라(羅)'로 표현하였다.

15 이 두 구절은 통달한 사람들이 취한 처세의 지혜를 비유한 것이다. 노자와 장자는 혼란한 춘추전국 시기를 살면서 처세의 덕목으로 '남보다 앞서지 말 것'을 가르쳤다.[『노자·67』, "감히 천하 사람들의 앞이 되려고 하지 말라.(不敢爲天下先.)";『장자·산목(山木)』, "나설 때 감히 앞이 되려 하지 않고 물러설 때 감히 뒤가 되려 하지 않으며, 먹을 때 감히 먼저 맛보려 하지 않고 그 나머지를 취한다. 이 때문에 그 무리들이 배척하지 않고 남들이 끝내 해칠 수 없으니, 이로써 재앙을 면하게 된다.(進不敢爲前, 退不敢爲後, 食不敢先嘗, 必取其緖. 是故其行列不斥, 而外人卒不得害, 是以免於患.)"]

望軒唐[16]而永嘆,	황제와 요임금 시대 바라보고 길이 탄식하며,
甘貧賤以辭榮.	빈천을 달게 여기고 영화를 사양한다.

淳源汨以長分,	순박한 근원은 어지러이 영영 나뉘고,
美惡作以異途.	선과 악이 일어나 길을 달리 한다.
原百行之攸貴,	온갖 행실 가운데 귀한 것을 추구해 보면,
莫爲善之可娛.	선을 행하는 것처럼 즐거운 것이 없다네.
奉上天之成命,	하늘이 정해 준 명을 받들고,
師聖人之遺書.	성인이 남겨 준 글을 배우리.
發忠孝於君親,	임금과 어버이께 충과 효를 행하고,
生信義於鄕閭.	마을에서는 신의를 지킬 것이로다.
推誠心而獲顯,	진실된 마음을 미루어 드러남을 얻을 것이지,
不矯然而祈譽.	조작함으로 영예를 도모치 말 것이다.

嗟乎.	아아!
雷同毁異,	부화뇌동하면서 자기와 다른 이 헐뜯고,
物[17]惡其上.	사람들은 자신의 윗사람을 미워하네.
妙算者謂迷,	잘 계획하는 자를 미혹되었다 하고,
直道者云妄.	곧게 말하는 자를 망령되다고 하네.
坦至公而無猜,	공평하게 지공무사하여 시기하지 않는 자는,
卒蒙恥以受謗.	끝내 수치를 당하고 비방을 받네.

16 헌당(軒唐): 헌원씨(軒轅氏), 즉 황제(黃帝)와 당요(唐堯), 즉 요임금을 가리킨다.
17 물(物): 나와 상대가 되는 다른 사람이나 사물을 가리킨다.

雖懷瓊而握蘭,	비록 좋은 옥을 품고 난초를 쥐고 있어도,
徒芳潔而誰亮.	한갓 향기롭고 깨끗할 뿐 누가 알아주겠는가.
哀哉.	슬프도다.
士之不遇,	선비가 때를 만나지 못한 것은,
已不在炎帝[18]帝魁[19]之世.	이미 염제와 제곡의 시대에도 있지 않았던가.
獨祗脩以自勤,	(그러나) 홀로 공경히 수신하여 스스로 힘쓰리니,
豈三省之或廢.	어찌 세 가지로 반성하는 가르침[20]을 혹시라도 그만두겠는가.
庶進德以及時,	덕을 향상시켜 때에 미치기를 바라나,[21]
時旣至而不惠.	때가 이르러도 순조롭지 못하네.
無爰生之晤言,	원앙(爰盎)[22]의 아뢰는 말이 없었던들,

18 염제(炎帝): 중국 고대 전설에 나오는 삼황(三皇)의 하나인 신농씨(神農氏)를 가리킨다. 화덕(火德)으로 제왕이 되어 염제(炎帝)라고 한다.

19 제곡(帝嚳): 중국 고대 전설에 나오는 오제(五帝)의 하나인 고신씨(高辛氏)로, 황제(黃帝)의 증손자이다.

20 『논어·학이(學而)』, "증자가 말하였다. '나는 날마다 세 가지로 내 자신을 반성하니 남을 위하여 (일을) 계획하면서 충실하지 않았는가? 벗들과 교제하면서 신의롭지 않았는가? 전수받고 익히지 않았는가이다.'(曾子曰. 吾日三省吾身, 爲人謀而不忠乎? 與朋友交而不信乎? 傳不習乎?)"

21 『주역·건괘(乾卦)·문언전(文言傳)』, "군자가 덕을 향상시키고 학업을 닦는 것은 때에 미치고자 함이다.(君子進德修業, 欲及時也.)"

22 원앙(爰盎): 전한(前漢) 초(譙) 출신으로 자가 사(絲)이다. 오상(吳相)을 지냈다. 한 무제(漢武帝)에게 장석지(張釋之)의 벼슬을 올려 줄 것을 청하여 알자복야(謁者僕射)에 오르게 하였다.

念張季之終蔽,	생각건대 장석지(張釋之)[23]는 끝내 가려졌을 것이고
愍馮叟之郎署,	안타깝게도 풍당(馮唐)[24]은 낭중서장(郎中署長)으로 있으면서,
賴魏守以納計.	위상(魏尙)[25]의 일을 계기로 계책을 올리게 되었지.
雖僅然於必知,	비록 (이들이) 겨우 알려지게 되었으나,
亦苦心而曠世.	역시 마음을 괴롭히며 세월을 허비했었네.

審夫市之無虎,	분명히 시장에 호랑이가 없는데도,
眩三夫之獻說,	세 사람이 말씀을 올림에 현혹되니,[26]

23 장석지(張釋之): 전한(前漢) 남양(南陽) 출신으로 자가 계(季)이다. 공거령(公車令), 정위(廷尉) 등을 역임하였는데, 법을 공정하게 집행하여 칭송이 있었다.

24 풍당(馮唐): 전한(前漢) 부풍(扶風) 출신으로 낭중서장(郎中署長)이 되어 직간을 잘하였다. 흉노 토벌의 공이 있던 위상(魏尙)에 대한 상벌에 문제가 있음을 지적하여 그의 원직을 회복하게 해주었다.

25 위상(魏尙): 전한(前漢) 진류(陳留) 출신으로 자가 문중(文仲)이다. 태사(太史)를 지냈다.

26 『전국책(戰國策)·위책(魏策)』, "방총(龐葱)이 (위나라) 태자와 함께 (조나라) 한단에 인질로 가게 되자 위왕에게 말하였다. '지금 어떤 사람이 시장에 호랑이가 나타났다고 아뢰면 왕께서는 믿으시겠습니까?' 왕이 말하였다. '믿지 않겠소.' '두 사람이 시장에 호랑이가 나타났다고 아뢰면 왕께서는 믿으시겠습니까?' 왕이 말하였다. '나는 의아해할 것이오.' '세 사람이 시장에 호랑이가 나타났다고 아뢰면 왕께서는 믿으시겠습니까?' 왕이 말하였다. '나는 믿게 될 것이오.' 방총이 아뢰기를, '대저 시장에 호랑이가 없는 것이 분명합니다. 그런데도 세 사람이 아뢰면 (없는) 호랑이를 만듭니다.'라고 하였다.(龐葱與太子質于邯鄲, 謂魏王曰. 今一人言市有虎, 王信之乎? 王曰. 否. 二人言市有虎, 王信之乎? 王曰. 寡人疑之矣. 三人言市有虎, 王信之乎? 王曰, 寡人信之矣. 龐葱曰, 夫市之無虎明矣. 然而三人言而成虎.)"

悼賈傅[27]之秀朗, 　안타깝게 가의(賈誼)의 뛰어남으로도,
紆遠轡於促界, 　멀리 달릴 고삐를 좁은 곳에서 굽혔으며,
悲董相[28]之淵致, 　슬프게 동중서(董仲舒)의 깊은 뜻으로도,
屢乘危而幸濟. 　자주 위태로움을 탔고 요행히 건넜음이여.
感哲人之無遇, 　명철한 사람들이 때를 만나지 못함에 느낌을 받으니,
涙淋浪以灑袂. 　눈물이 줄줄 흘러 소매에 떨어지는구나.

承前王之淸誨, 　이전 성현들의 밝은 가르침을 받드니,
曰天道之無親. 　"하늘의 도는 사사로이 친함이 없다.[29]
澄得一以作鑒, 　맑은 하늘은 하나[도(道)]를 얻어 거울이 되니,[30]

---

27 가부(賈傅): 전한(前漢) 낙양(洛陽) 출신의 가의(賈誼)로, 장사왕(長沙王) 태부(太傅)를 지내 가부(賈傅)라고 칭한다. 어려서부터 재주가 뛰어나 20여 세에 문제(文帝)가 박사(博士)로 임명하였다. 태중대부(太中大夫)가 되어 정치 개혁을 주장하다가 권신인 주발(周勃) 등의 미움을 받아 장사왕 태부로 좌천되었다. 이때의 심경을 쓴 글로 「복조부(鵩鳥賦)」, 「조굴원부(弔屈原賦)」 등이 있다. 33세의 젊은 나이에 죽었고 저서에 『신서(新書)』 10권이 있다.

28 동상(董相): 전한(前漢) 신도(信都) 출신의 동중서(董仲舒)로 교서상(膠西相)을 지내 동상(董相)이라고 한 것이다. 호가 계암자(桂巖子)이다. 금문경학가(今文經學家)로 한 무제(漢武帝)에게 건의하여 유학(儒學)을 통치이념으로 채택하도록 하였다. 『춘추(春秋)』에 뛰어났는데, 많은 저술 중에 유명한 것으로 『춘추번로(春秋繁露)』가 있다.

29 『노자 · 제79장』, "하늘의 도는 사사로이 친함이 없고 항상 선한 사람과 함께 한다.(天道無親, 常與善人.)"

30 『노자 · 제39장』, "하늘은 하나[도(道)]를 얻어서 맑고 땅은 하나를 얻어서 평안하며, 신령은 하나를 얻어서 영험하고 골짜기는 하나를 얻어서 가득하다.(天得一以淸, 地得一以寧, 神得一以靈, 谷得一以盈.)"

恒輔善而佑仁. 항상 선한 사람을 돕고 어진 사람을 보살핀다." 고 하였는데

夷投老以長飢, 백이는 노년에 이르기까지 내내 굶주렸고,

回[31]早夭而又貧. 안회는 일찍 죽었으며 또 가난하였다.

傷請車而備槨, 수레를 팔아 덧널 마련을 청했던 일[32]이 가슴 아프고,

悲茹薇而隕身. 고사리 먹다가 죽은 일이 슬프구나.

雖好學與行義, 비록 배움을 좋아하였고 의리를 실천했으나,

何死生之苦辛. 어찌 죽어서나 살아서나 괴롭고 힘들었나.

疑報德之若玆, 의심컨대 덕에 대한 보답이 이와 같으니,

懼斯言之虛陳. 이 말이 헛되이 늘어놓은 것인가 염려되네.[33]

何曠世之無才, 어찌 오랜 세대에 걸쳐 인재가 없었겠는가만,

---

31 회(回): 춘추시대 노(魯) 나라의 안회(顔回)로, 자가 자연(子淵)이이라서 안연(顔淵)으로도 칭해진다. 공자(孔子)의 72제자 가운데 으뜸이며, 공문십철(孔門十哲)의 한 사람이다. 안빈낙도(安貧樂道)로 유명하다.

32 『논어 · 선진(先進)』, "안연이 죽어 안로가 공자의 수레로 그의 덧널을 마련해 주기를 청하자, 공자가 말씀하였다. '재능이 있든 재능이 없든 간에 역시 각자 자기 자식을 말하는데 이(鯉)가 죽었을 때 관만 있었고 덧널은 없었다. 내가 걸어다니면서 그의 덧널을 마련해 주지 못하는 것은 내가 대부의 뒤를 따르는지라 걸어다닐 수 없기 때문이다.'(顔淵死, 顔路請子之車, 以爲之椁. 子曰. 才不才, 亦各言其子也, 鯉也死, 有棺而無椁. 吾不徒行, 以爲之椁, 以吾從大夫之後, 不可徒行也.)"

33 정도(正道)대로 살았고 지조를 지켰던 백이는 굶주림 속에 죽었고, 안빈낙도하던 안회도 가난 속에 살다 요절하였으니 천도에 회의를 품게 된 것이다. 도연명의 이러한 회의는 도를 추구하고 의를 행하면서 살아왔음에도 평생 불우했던 자신에 대해 읊은 것이기도 하다.

罕無路之不澀.	어느 길이나 어렵지 않음이 없기가 드물다.
伊古人之慷慨,	옛사람들이 강개하였듯이
病奇名之不立.	뛰어난 명성이 수립되지 않는 것이 가슴 아프다.
廣[34]結髮以從政,	이광은 머리를 묶으면서부터 정사에 종사하여,
不愧賞於萬邑,	만 호의 고을에 봉해져도 부끄럽지 않았을 텐데,
屈雄志於戚豎,	외척인 소인배[위청(衛青)[35]]에게 웅지가 꺾여,
竟尺土之莫及.	끝내 한 치의 땅도 받지 못했지.
留誠信於身後,	죽은 후에 정성과 신의를 남겨
動衆人之悲泣.	뭇 사람의 슬픈 울음 자아냈네.
商[36]盡規以拯弊,	왕상은 계책에 힘을 다하여 폐단을 구함에,
言始順而患入.	말이 처음에는 순조롭게 받아들여졌으나 (결국은) 재난이 들어왔네.[37]
奚良辰之易傾,	어찌하여 좋은 시절은 쉽게 기울며,
胡害勝其乃急.	어찌하여 뛰어난 이를 해치는 것은 그리 다급했

34 광(廣): 전한(前漢) 무제(武帝) 때의 명장(名將) 이광(李廣)으로 성기(成紀) 출신이다. 여러 차례 흉노를 물리쳐 흉노가 그를 두려워하여 '비장군(飛將軍)'이라 부를 정도였으나 봉작(封爵)을 받지 못하였다. 막북(漠北)의 전투에서 흉노족을 치려고 할 때 이광의 부대가 동쪽 길에서 길을 잃어 선우(單于)를 잡는 데 실패하였다. 이에 이광은 자신의 책임을 통감하고 자살하였다.

35 위청(衛青): 전한(前漢) 하동(河東) 출신으로 자가 중경(仲卿)이다. 한 무제 시기에 흉노와의 전투에서 공을 세워 대사마(大司馬)에 올랐다.

36 상(商): 전한(前漢) 탁군(涿郡) 출신의 왕상(王商)으로 자가 자위(子威)이다. 좌장군(左將軍), 승상(丞相) 등을 역임하였다.

37 왕상의 여러 건의가 처음에는 받아들여졌으나 대장군 정봉(正鳳)에게 시기를 받아 관직을 물러났다.

	던가.
蒼昊遐緬,	하늘은 아득히 멀고,
人事無已,	사람의 일은 (변화가) 끝이 없어,
有感有昧,	감응이 있기도 하고 그러지 못함도 있으니,
疇測其理.	누가 그 이치를 헤아리겠는가.
寧固窮以濟意,	차라리 곤궁에 꿋꿋하여 뜻을 이룰 것이요,
不委曲而累己.	굽히고 구부러져 나에 누가 되게 하지 않겠다.[38]
旣軒冕之非榮,	이미 높은 벼슬을 영화로 여기지 않으니,
豈縕袍之爲恥.	어찌 하찮은 솜옷을 부끄럽게 여기겠는가.
誠謬[39]會以取拙,	진실로 나름대로 깨닫고서 졸박함을 취했으니,
且欣然而歸止.	장차 즐겁게 돌아갈 것이다.
擁孤襟以畢歲,	외로운 마음 지닌 채 노년을 보낼 것이며,
謝良價於朝市.	조정과 저자에서 좋은 값에 팔리기를 사양하노라.

---

38 『장자·선성(繕性)』, "옛날의 이른바 뜻을 얻었던 사람은 … 높은 벼슬에 있다고 뜻을 제멋대로 하지 않았고, 곤궁하다고 세속을 따르지 않았다.(古之所謂得志者, … 不爲軒冕肆志, 不爲窮約趨俗.)"

39 류(謬): 자신에 대한 겸사이다.

「사불우부(士不遇賦)」

전한(前漢) 동중서(董仲舒, 197~104 B.C)[1]

❖—해제

한(漢) 무제(武帝)는 유학을 중시하여 동중서의 건의를 받아들여 유교를 국교화하였다. 그러나 동중서는 정치적 라이벌인 공손홍(公孫弘)과의 갈등으로 교서상(膠西相)으로 좌천되는 등의 좌절을 겪기도 하였다. 이 글은 동중서가 자신의 포부를 제대로 펼치지 못하는 상황의 갈등을 드러낸 뒤에, 바른 마음과 겸손함을 견지함으로써 마음의 평온을 얻고자 하는 내용을 주제로 하고 있다.

❖—역주

嗚呼嗟乎,	아! 슬프게도
遐哉邈矣.	까마득하고 아득하구나.[2]
時來曷遲,	때가 이르는 것은 어찌 늦으며

1 동중서(董仲舒): 전한(前漢) 신도(信都) 출신으로 호가 계암자(桂巖子)이다. 금문경학가(今文經學家)로 한무제(漢武帝)에게 건의하여 유학(儒學)을 통치이념으로 채택하도록 하였다. 박사(博士), 강도상(江都相), 교서상(膠西相) 등을 역임하였다. 『춘추(春秋)』에 뛰어났는데, 많은 저술 중에 유명한 것으로 『춘추번로(春秋繁露)』가 있다.

2 운수(運數)가 아득하여 잘 알 수 없음을 형용한 것이다.

去之速矣.	가는 것은 빠른가.
屈意從人,	뜻을 굽혀 남을 따르는 것은
非吾徒矣.	나의 무리가 아니다.
正身俟時,	몸을 바르게 하고 때를 기다리다가
將就木[3]矣.	장차 관 속으로 들어갈 것이다.
悠悠偕時,	(근심은) 아득히 때와 함께 이어지니
豈能覺矣.	어떻게 깨우칠 것인가.
心之憂歟,	마음의 걱정스러움이여
不期祿矣.	벼슬을 기대할 수 없게 되었구나.
遑遑匪寧,	서두르며 평안하지 못한 채
只增辱矣.	단지 치욕만 더해가네.
努力觸藩[4],	힘쓰지만 울타리를 떠받아
徒摧角矣,	부질없이 뿔만 부러지니,
不出戶庭,	대문을 나서지 않으면
庶無過矣.	거의 허물이 없겠네.[5]

重曰.	후렴에서 읊는다.
生不丁三代[6]之盛隆兮,	태어난 것이 삼대의 융성함을 만나지 못하고

3 취목(就木): 관 속으로 들어가다. 죽음을 비유한다.

4 촉번(觸藩): 뿔로 울타리를 떠받다. 난관에 부닥쳐 이러지도 저러지도 못함을 비유한다. 『주역 · 대장(大壯)』에, "숫양이 울타리를 떠받아 그 뿔을 곤란하게 한다.(羝羊觸藩, 羸其角.)"라고 하였다.

5 『주역 · 절괘(節卦)』, "초구는 대문을 나서지 않으면 허물이 없으리라.(初九, 不出戶庭, 无咎.)"

而丁三季之末俗.	삼대 말의 말세적인 풍속을 만났네.
末俗以辯詐而期通兮,	말세적인 풍속은 변설과 속임수로 형통하기를 바라나
貞士耿介而自束,	올바른 선비는 강직하여 스스로를 단속한다.
雖日三省於吾身,	비록 하루에 세 가지로 자신을 반성하나[7]
繇[8]懷進退之惟谷.	여전히 진퇴유곡의 어려움을 지니고 있다.
彼實繁之有徒兮,	참으로 많은 저 무리들이여,
指其白以爲黑.	흰색을 가리켜 검다고 하네.
目信嫮而言眇兮,	눈짓은 진실로 아름다우나 말은 애꾸눈이요,
口信辯而言訥.	구변은 진실로 뛰어나나 말은 더듬거린다.
鬼神之不能正人事之變戾兮,	귀신도 인간사의 변화와 어긋남을 바로잡을 수 없고
聖賢亦不能開愚夫之違惑.	성현도 어리석은 자의 잘못과 미혹을 깨우쳐 줄 수 없네.
出門則不可與偕往兮,	문을 나서면 함께 동행할 수 없고[9]

6 삼대(三代): 하(夏), 상(商), 주(周) 세 왕조를 가리킨다.

7 『논어 · 학이(學而)』, "증자가 말하였다. '나는 날마다 세 가지로 내 자신을 반성하니 남을 위하여 (일을) 계획하면서 충실하지 않았는가? 벗들과 교제하면서 신의롭지 않았는가? 전수받고 익히지 않았는가이다.'(曾子曰. 吾日三省吾身, 爲人謀而不忠乎? 與朋友交而不信乎? 傳不習乎?)"

8 유(繇): '유(猶)'와 통하여, '여전히'의 뜻이다.

9 『주역 · 동인(同人)』, "문을 나가 남과 함께 함을 또 누가 허물하겠는가.(出門同人, 又誰咎也.)"

藏器又蚩其不容.	재능을 간직한 채 있으면[10] 용납받지 못함을 또 비웃네.
退洗心而內訟兮,	물러나 마음을 닦으며 안으로 자책하나
固未知其所從也.	진실로 따를 바를 알지 못하겠네.
觀上古之淸濁兮,	상고 시기의 맑았던 세상과 탁했던 세상을 살펴보니
廉士亦煢煢而靡歸.	청렴한 선비들은 역시 외롭게 돌아갈 곳이 없었네.
殷湯有卞隨[11]與務光[12]兮,	은나라 탕왕 시기에 변수와 무광이 있었고,
周武有伯夷與叔齊.	주나라 무왕 시기에 백이와 숙제가 있었지.
卞隨務光遁跡於深淵兮,	변수와 무광은 깊은 연못에 자취를 감추었고,
伯夷叔齊登山而采薇.	백이와 숙제는 수양산에 올라 고사리를 뜯었지.
使彼聖賢其繇周遑兮,	저 성현들까지 오히려 방황하게 하였거늘,
矧擧世而同迷.	하물며 온 세상 사람들이 함께 길을 잃었음에랴.
若伍員[13]與屈原[14]兮,	오원과 굴원 같은 이들은

10 『주역·계사전(繫辭傳)』, "자신에게 재능을 간직한 채 때를 기다려 움직이면, 무슨 불리함이 있겠는가.(藏器於身, 待時而動, 何不利之有.)"

11 변수(卞隨): 하(夏)나라의 은사로, 탕왕이 제위(帝位)를 선양하려 하자 영수(潁水)에 빠져 자살하였다.

12 무광(務光): 하(夏)나라의 은사로, 탕왕이 걸(桀)을 칠 때 책략을 요청했지만 거절하였다. 탕왕이 제위(帝位)를 선양하려 하자 수치심을 느껴 돌을 껴안고 요수(蓼水)에 빠져 죽었다.

13 오원(伍員): 춘추시대 초(楚)나라 출신으로 자가 자서(子胥)이다. 부친 오사(伍奢)와 형 오상(伍尙)이 평왕(平王)에게 피살되자 오(吳)나라로 도망하여 오왕 합려(闔閭)를 도왔고 초를 쳐서 보복하였다. 뒤에 오왕 부차(夫差)를 도와 월(越) 구천(勾

固亦無所復顧,	진실로 또한 다시 돌아본 것이 없었으니
亦不能同彼數子兮,	역시 저 몇몇 분들과 같지 않아
將[15]遠遊而終慕.	이에 멀리 떠나서도 끝내 옛 도성을 그리워하였지.
於吾儕之云遠兮,	아! 우리들은 멀다고 하면서
疑荒塗而難踐,	궁벽한 길이라서 밟기가 힘들다고 여겨
憚君子之於行兮,	군자가 떠나는 것을 염려하여
誡三日而不飯.	3일 동안 밥을 먹지 못할 것을 경계한다.[16]
嗟天下之偕違兮,	아! 천하 사람들이 모두 어긋나니
悵無與之偕返.	함께 돌아갈 이가 없음이 슬프다.
孰若返身於素業兮,	본래의 일에 몸을 돌리는 것만 같지 못하리니
莫隨世而輪轉.	세속을 따라 굴러가지 말 것이다.
雖矯情而獲百利兮,	비록 감정을 속이고 온갖 이익을 얻는다 하더라도
復不如正心而歸一善.	도리어 마음을 바로하고 한 가지 선으로 돌아가는 것만 못하리.
紛旣迫而後動兮,	어지러이 핍박을 받은 뒤에 움직이지만

踐)을 패배시켰으나 왕의 분노를 사 자결의 명을 받고 죽었다. 죽은 후 그의 시체는 올빼미 모양의 가죽 주머니에 싸여 강물에 버려졌다고 한다.

14 굴원(屈原): 전국시대 초(楚)나라 사람인 굴평(屈平)으로, 자가 원(原)이고 호가 영균(靈均)이다. 회왕(懷王) 때 삼려대부(三閭大夫)를 지내다가 참소를 당하여 면직되었고 『이소(離騷)』를 지었다.

15 장(將): '내(乃)'와 통하여, '이에', '이리하여'의 뜻이다.

16 군자가 기미를 보고 괴로움을 무릅쓰고 떠나는 것에 대해 보통 사람들이 이해하지 못함을 비유한다. 『주역·명이(明夷)』에, "군자가 떠나감에 3일 동안 먹지 못하여 가는 바가 있음에 주인이 하는 말이 있다.(君子于行, 三日不食, 有攸往, 主人有言.)"라고 하였다.

豈云稟性之惟褊.	어찌 타고난 성품이 좁다고 하겠는가.
昭同人[17]而大有[18]兮,	남들과 함께하여 크게 소유하는 이치를 밝히고
明謙光而務[19]展.	겸손함은 빛나고 반드시 펼쳐짐을 분명하게 하겠다.[20]
遵幽昧於默足兮,	말없이 만족하는 가운데 어두움을 따르리니,
豈舒采而蘄顯.	어찌 문채를 펴서 영달을 구하겠는가.
苟肝膽之可同兮,	만약 간과 쓸개를 같이할 수 있다면
奚須發之足辨也.	어찌 수염과 머리털을 구분할 필요가 있겠는가.[21]

17 동인(同人): 『주역』 64괘 가운데 '천화(天火) 동인(同人)'으로 남들과 힘을 함께하여 조화를 이루는 괘이다.

18 대유(大有): 『주역』 64괘 가운데 '화천(火天) 대유(大有)'로 '동인(同人)'하여 크게 소유하는 괘이다.

19 무(務): '반드시', '꼭'의 의미이다.

20 겸괘(謙卦)는 『주역』 64괘 가운데 '지산(地山) 겸(謙)'으로 크게 소유하였으나 겸손하여 함께 나누는 괘이다. 「단전(彖傳)」에서, "겸(謙)은 높고 빛난다.(謙尊而光.)"라고 하였다.

21 마음을 함께한다면 외적인 사소한 것은 따질 필요가 없음을 비유한 것이다.

「비사불우부(悲士不遇賦)」

전한(前漢) 사마천(司馬遷, 약 140~80 B.C)[1]

❖ ― 해제

정확한 저작 연대는 알 수 없고, 사마천이 말년에 지었다고 추측된다. 선비가 뜻을 펴지 못하고 선이 악을 이기는 현실에 대한 실망과 회의에서 나온 글이다. 사마천은 이를 '몸 안에 해독이 생긴다'고 하였다. 따라서 통달을 통해 깨달음을 얻을 것을 다짐하면서, 도가의 '순응자연(順應自然)'의 지혜로 화와 복을 초월할 것으로 마무리하고 있다.

❖ ― 역주

悲.	슬프다.
夫士生之不辰,	선비가 태어난 것이 때가 맞지 않아
愧顧影而獨存.	그림자를 돌아보며 홀로 있음이 부끄럽다.
恒克己而復禮,	사욕을 이겨 예로 돌아가기[2]에 한결같았고

1 사마천(司馬遷): 전한(前漢) 하양(夏陽) 출신으로 자가 자장(子長)이다. 20대 시기에 강회(江淮), 회계(會稽), 원(沅), 상(湘), 제(齊), 노(魯) 등 각지를 여행하였다. 무제(武帝) 시기에 낭중(郎中)으로 벼슬길에 올랐고 태사령(太史令)을 지냈다. 흉노에게 패한 이릉(李陵)을 변호하다가 부형(腐刑)에 처해졌다. 이후 『사기(史記)』의 저술에 진력하여 마침내 130권을 완성하였다.

懼志行之無聞,	뜻과 행실이 알려지지 않을까 두려워했으나,
諒才韙而世戾,	진실로 재능이 훌륭해도 세상과 어긋나
將逮死而長勤.	장차 죽음에 이르도록 내내 수고롭기만 하다.
雖有行而不彰,	비록 행실이 있어도 드러나지 않고
徒有能而不陳.	그저 능력만 있을 뿐 펼치지 못한다.

何窮達之易感,	어찌하여 곤궁과 영달에 쉽게 반응하고
信美惡之難分.	진실로 선악은 분별하기 어려운가.
時悠悠而蕩蕩,	시간은 끝없이 아득하게 흐르는데
將遂屈而不伸.	장차 결국은 굽힌 채 펴지 못하리.
使公於公者,	공적인 데서 공정하게 하는 사람은
彼我同兮,	그와 내가 같으나,
私於私者,	사적인 데서 사사롭게 하는 사람은
自相悲兮.	내 스스로 그를 슬피 여긴다.

天道微哉,	하늘의 도는 은미하니
吁嗟闊兮.	아! 멀기도 하구나.
人理顯然,	사람의 생리는 분명하니
相傾奪兮.	서로 겨루고 뺏는다.
好生惡死,	삶을 좋아하고 죽음을 싫어하는 것은
才之鄙也,	재질이 비루한 것이고,

2 『논어·안연(顔淵)』, "안연이 인을 묻자 공자가 말씀하였다. '사욕을 이겨 예로 돌아가는 것이 인을 실천하는 것이다.'(顔淵問仁, 子曰. 克己復禮爲仁.)"

好貴夷賤, 부귀를 좋아하고 빈천을 얕잡아 보는 것은
哲之亂也. 지혜가 어지러운 것이다.

昭昭洞達, 밝게 통달해야
胸中豁也, 마음이 넓어지니,
昏昏罔覺, 어두운 채 깨달음이 없으면
內生毒也. 안으로 해독이 생긴다.

我之心矣, 내 마음은
哲已能忖, 지혜로운 사람이 결국은 헤아릴 수 있고,
我之言矣, 내 말은
哲已能選. 지혜로운 사람이 결국은 가려낼 수 있으리라.

沒世無聞, 세상을 마치면서 이름을 남기지 못하는 것을
古人唯恥. 옛사람들은 부끄러워했지.[3]
朝聞夕死, 아침에 (도를) 들으면 저녁에 죽어도 좋다는데[4]
孰云其否. 누가 그것을 나쁘다고 할 것인가.

逆順還周, 역경(逆境)과 순경(順境)은 돌고 돌아
乍沒乍起. 갑자기 없어졌다 갑자기 나타난다.

---

3 『논어·위영공(衛靈公)』, "군자는 세상을 마치면서 이름이 칭송되지 않는 것을 싫어한다.(君子疾沒世而名不稱焉.)"

4 『논어·이인(里仁)』, "아침에 도를 들으면 저녁에 죽어도 좋다.(朝聞道, 夕死可矣.)"

無造福先,	복의 선두로 나아가지 말고
無觸禍始.	화의 시작을 건드리지 말라.
委之自然,	자연에 맡기면
終歸一矣.	끝내는 하나[도(道)]로 돌아가리라.

2

감정을 가라앉히는 부와 서문

「한정부 병서(閑情賦 幷序)」

❖— 해제

'한정(閑情)'은 '감정을 막다', '감정을 가라앉히다'의 뜻이다. 이 글은 도연명이 팽택령을 그만두고 돌아와 지은 것으로 추정된다. 사랑의 감정을 다스려 이성적 경지로 가고자 하는 노력을 비유로 들어, 이상의 추구가 좌절된 상황에서 혼란한 마음을 돌려 새로운 길을 찾고자 하는 의지를 표현한 글로 볼 수 있다.

❖— 역주

서문

初張衡[1]作定情賦,	전에 장형이 「정정부(定情賦)」[2]를 지었고
蔡邕[3]作靜情賦,	채옹이 「정정부(靜情賦)」[4]를 지었는데,

---

1 장형(張衡): 후한 서악(西鄂) 출신으로 자가 평자(平子)이다. 경학과 천문에 정통하였고, 태사령(太史令), 상서(尙書), 시중(時中) 등을 역임하였다.

2 관련 작품 참조[p. 43]

3 채옹(蔡邕): 후한 진류(陳留) 출신으로 자가 백개(伯喈)이다. 낭중(郎中), 중랑장(中郎將) 등을 역임하였다. 시부(詩賦)에 뛰어났으며 저서로 『채중랑전집(蔡仲郎全集)』이 있다.

4 관련 작품 참조[p. 45]

檢逸辭而宗澹泊,	아름다운 사조를 절제하고 담백함을 중시하여
始則蕩以思慮,	처음에는 여러 생각으로 흔들렸지만
而終歸閑正.	끝내는 고요함과 반듯함으로 돌아갔다.
將以抑流宕之邪心,[5]	장차 이것으로 분방한 사심을 억제하고자 하였으니
諒有助於諷諫.	진실로 풍자에 도움이 있었다.
綴文之士,	글을 짓는 선비들이
奕代繼作,	대대로 이어서 창작하였으니
並因觸類,	모두가 이런 것들에 촉발되어
廣其辭義.	그 글의 뜻을 넓혔다.[6]
余園閭多暇,	내가 전원의 집에서 여가가 많아
復染翰爲之.	다시 붓을 적셔 이것을 짓는다.
雖文妙不足,	비록 문채의 아름다움은 부족하나
庶不謬作者之意乎.	바라건대 (예전) 작자들의 뜻을 그르치지 않았으면 한다.

본문

夫何瓌[7]逸之令姿,	저 얼마나 아름답고 빼어난 자태인가,
獨曠世以秀群.	홀로 세상에 없이 무리에서 빼어났네.

5 사심(邪心): 바르지 않은 간사스러운 마음이다.

6 예를 들면 진림(陳琳)의 「지욕부(止欲賦)」, 완우(阮瑀)의 「지욕부(止欲賦)」, 왕찬(王粲)의 「한사부(閑邪賦)」, 응창(應瑒)의 「정정부(正情賦)」, 조식(曹植)의 「정사부(正思賦)」 등이 있다.

7 괴(瓌): '괴(瑰)'와 같은 자로, '아름다운 구슬', '아름답다'의 뜻이다.

表傾城[8]之艶色,	성을 기울게 할 아름다운 미모를 드러내며,
期有德於傳聞.	덕이 있다고 소문나기를 바라는구나.
佩鳴玉以比潔,	울리는 구슬을 차고 깨끗함을 비기며,
齊幽蘭以爭芬.	그윽한 난초와 나란히 하여 향기를 다투네.
淡柔情於俗內,	부드러운 마음을 세속에서 담백하게 하고,
負雅志於高雲.	높은 구름보다도 우아한 뜻을 가졌구나.

悲晨曦之易夕,	새벽빛이 쉽게 저녁 되는 것이 슬프고,
感人生之長勤.	인생이 내내 수고롭기만 함에 감개가 이네.
同一盡於百年,	모두가 하나같이 백년 내에 사라지는데,
何歡寡而愁殷.	어찌하여 즐거움은 적고 근심은 많은가.
褰朱幃而正坐,	붉은 휘장 걷고 반듯하게 앉아,
汎淸瑟以自欣.	맑은 거문고 소리 울리며 스스로 즐기네.
送纖指之餘好,	가는 손가락으로 여운 있는 아름다움을 전하고,
攘皓袖之繽紛.	흰 소매 너울너울 펄럭이네.
瞬美目以流眄,	아름다운 눈 깜박이며 흘긋 쳐다보고,
含言笑而不分.	말과 웃음 머금으니 (말인지 웃음인지) 구분되지 않는구나.

8 경성(傾城): 여자의 아름다움을 이르는 말로, 『한서 · 외척전(外戚傳)』에 실려 있는 이연년(李延年)의 「가인가(佳人歌)」에 보인다. "북방에 아름다운 사람이 있어, 절세의 자태로 홀로 섰네. 한 번 돌아보면 성을 기울게 하고, 두 번 돌아보면 나라를 기울게 하네. 성을 기울게 하고 나라를 기울게 하는 것을 어찌 모르겠는가만, 아름다운 사람은 다시 얻기 어렵다네.(北方有佳人, 絶世而獨立. 一顧傾人城, 再顧傾人國. 寧不知傾城與傾國, 佳人難再得.)"

曲調將半,	곡조가 막 반쯤 연주되었는데,
景落西軒.	해는 서쪽 창에 떨어지네.
悲商[9]叩林,	쓸쓸한 가을바람은 숲을 두드리고,
白雲依山.	흰 구름은 산에 걸려 있다.
仰睇天路,	고개 들어 하늘 길 바라보고,
俯促鳴絃.	고개 숙여 거문고 소리 재촉하네.
神儀嫵媚,	기색과 모습은 아름답고,
擧止詳妍.	움직임은 차분하고 곱구나.

激淸音以感余,	맑은 음을 격동시켜 나를 감동시키니,
願接膝以交言.	바라건대 무릎을 가까이하여 말이라도 나눴으면.
欲自往以結誓,	직접 가서 맹세를 맺고자 하나,
懼冒禮之爲諐.	예를 무시하여 허물이 될까 두렵구나.
待鳳鳥以致辭,	봉황을 기다려 말을 전하려 하나,
恐他人之我先.	다른 사람이 나보다 앞설까 두렵네.[10]
意惶惑而靡寧,	뜻은 두렵고 당황하여 편안치 못하고,
魂須臾而九遷.	혼은 잠시 동안에 아홉 번이나 바뀌네.

9 비상(悲商): 가을 바람을 가리킨다. 『예기·월령(月令)』에, “가을의 첫 달은 … 그 음이 상성(商星)이다.(孟秋之月, … 其音商.)”라고 하였다.

10 굴원(屈原)의 「이소(離騷)」에, “봉황이 나의 부탁을 받아 주었지만 고신씨(高辛氏)가 나보다 앞설까 두렵구나.(鳳皇旣受詒兮, 恐高辛之先我.)”라고 하였다. 전설에 의하면, 고신씨가 봉황을 매개로 유융씨(有娀氏)의 딸 간적(簡狄)을 아내로 맞이했다고 한다.

願在衣而爲領, 상의(上衣)에서는 옷깃이 되어,
承華首之餘芳, 화려한 머리의 짙은 향기를 받들기 바라나,
悲羅襟之宵離, 비단옷이 밤에는 헤어짐이 괴롭고,
怨秋夜之未央. 가을밤이 끝나지 않음이 원망스러워라.
願在裳而爲帶, 하의(下衣)에서는 띠가 되어,
束窈窕之纖身, 곱고 가는 몸을 두르기 바라나,
嗟溫凉之異氣, 따뜻하고 서늘함에 기후가 달라져,
或脫故而服新. 혹시 옛것을 벗고 새것을 입을까 괴롭네.

願在髮而爲澤, 머릿결에서는 기름이 되어,
刷玄鬢于頹肩, 흘러내린 어깨의 검은 머리를 빗기 바라나,
悲佳人之屢沐, 미인이 자주 머리를 감아,
從白水以枯煎. 깨끗한 물을 따라가 말라 버릴까 괴롭네.
願在眉而爲黛, 눈썹에서는 눈썹먹이 되어,
隨瞻視以閒揚, 시선을 따라 우아하게 들려지기 바라나,
悲脂粉之尙鮮, 연지분이 선명하여,
或取毁于華妝. 혹시나 화려한 단장을 훼손할까 괴롭네.

願在莞而爲席, 왕골에서는 자리가 되어,
安弱體于三秋, 가을날에 약한 몸을 편안케 하기 바라나,
悲文茵之代御, 문채나는 깔개가 받들기를 대신하여,
方經年而見求. 해 지난 후에야 비로소 찾아질까 괴롭네.
願在絲而爲履, 실에서는 신발이 되어,

附素足以周旋,	흰 발을 따라 움직이기 바라나,
悲行止之有節,	가고 머묾에 제한이 있어,
空委棄於牀前.	그저 침상 앞에 버려질까 괴롭네.
願在晝而爲影,	낮에는 그림자가 되어,
常依形而西東,	항상 몸을 따라 왕래하고 싶지만,
悲高樹之多蔭,	높은 나무가 그늘이 많아,
慨有時而不同.	때에 따라 함께 하지 못할까 괴롭네.
願在夜而爲燭,	밤에는 촛불이 되어,
照玉容於兩楹,	두 기둥 사이에서 옥 같은 얼굴 비치고 싶으나,
悲扶桑[11]之舒光,	동방에 햇빛이 퍼져,
奄滅景而藏明.	갑자기 빛이 사라지고 밝음이 가려질까 괴롭네.
願在竹而爲扇,	대나무에서는 부채가 되어,
含凄飇於柔握,	부드러운 손에 서늘한 바람을 머금게 하고 싶으나,
悲白露之晨零,	흰 이슬이 새벽에 내려,
顧衿袖以緬邈.	옷소매 돌아보며 멀어질까 괴롭네.
願在木而爲桐,	나무에서는 오동이 되어,
作膝上之鳴琴,	무릎 위에서 울리는 거문고가 되기 바라나,
悲樂極以哀來,	즐거움이 다하면 슬픔이 와서,
終推我而輟音.	끝내는 나를 밀어내고 소리를 그만둘까 괴롭네.

11 부상(扶桑): 동해에 있다는 나무 이름으로, 해가 이 나뭇가지를 타고 올라오면서 날이 밝는다고 한다. 동방을 나타내기도 한다.

考所願而必違,	바라는 바를 살펴봄에 반드시 어긋나,
徒契契[12]以苦心.	부질없이 근심하며 마음을 괴롭히네.
擁勞情而罔訴,	힘든 마음을 간직한 채 하소연할 곳 없어,
步容與於南林.	걸음이 남쪽 숲에서 머뭇거리네.
栖木蘭之遺露,	목란에 남아 있는 이슬 받기도 하고,
翳靑松之餘陰.	청송의 짙은 그늘에 가려지기도 하네.
儻行行之有覿,	혹시 가고 가다 만나 볼 수 있을까 하여,
交欣懼於中襟.	마음속에 즐거움과 두려움이 교차하네.

竟寂寞而無見,	끝내 쓸쓸히 만나지 못하고,
獨悁想以空尋.	홀로 간절한 생각으로 그저 찾기만 하네.
斂輕裾以復路,	가벼운 소매 걷고 길을 되돌아오면서,
瞻夕陽而流歎.	석양을 바라보고 길게 탄식하네.
步徙倚[13]以忘趣,	걸음은 머뭇거리며 나아가기를 잊고,
色慘悽而矜顔.	안색은 처참히 괴로운 모습이네.
葉燮燮[14]以去條,	나뭇잎은 우수수 가지에서 떨어지고,
氣凄凄而就寒.	기온은 싸늘하게 차가워지네.

日負影以偕沒,	해가 그림자를 실은 채 함께 사라지고,
月媚景於雲端.	달이 구름 가에 아름다운 모습을 드러내네.

---

12 계계(契契) ; 근심스럽고 괴로운 모습이다.

13 사의(徙倚): 머뭇거리는 모습이다.

14 섭섭(燮燮): 나뭇잎이 떨어지는 소리이다.

鳥悽聲以孤歸,	새는 슬픈 소리로 홀로 돌아가는데,
獸索偶而不還.	짐승은 짝을 찾느라 돌아가지 않는다.
悼當年之晩暮,	젊은 나이가 저물어 가는 것이 슬프고,
恨玆歲之欲殫.	이 해가 끝나려는 것이 한스럽네.
思宵夢以從之,	생각은 한밤중의 꿈에서도 따르고,
神飄颻[15]而不安.	정신은 흔들리며 안정되지 않네.
若憑舟之失櫂,	배를 탔는데 노를 잃어버린 것과 같고,
譬緣崖而無攀.	절벽을 오르는데 잡을 것이 없는 듯하다.
于時畢昴盈軒,	이때 필성과 묘성[16]이 창에 가득하고,
北風凄凄,	북풍은 차가운데,
炯炯[17]不寐,	말똥말똥 잠 못 든 채,
衆念徘徊.	뭇 생각만 오락가락한다.
起攝帶以伺晨,	일어나 허리띠 두르고 새벽을 기다리는데,
繁霜粲於素階.	두껍게 내린 서리는 흰 섬돌에 빛난다.
鷄斂翅而未鳴,	닭은 깃을 거둔 채 아직도 울지 않는데,
笛流遠以淸哀.	피리 소리가 맑고 애처롭게 멀리 퍼진다.
始妙密以閑和,	처음에는 오묘하고 세밀하여 한가롭고 평화롭다가,

---

15 표요(飄颻): 동요하는 모양이다.

16 『회남자·천문훈(天文訓)』, "서방을 호천(昊天)이라 하는데, 그 별은 위(胃), 묘(昴), 필(畢)이다.(西方, 曰皓天, 其星胃昴畢.)"

17 형형(炯炯): 두 눈이 말똥말똥한 모양으로, 심란하여 잠들지 못함을 형용한다.

終寥亮[18]而藏摧.[19]	끝에서는 맑게 퍼지니 슬퍼지네.

意夫人之在玆,	생각건대 그 여인이 이곳에 있으면,
託行雲以送懷.	가는 구름에 부탁하여 마음을 보내련만.
行雲逝而無語,	가는 구름은 멀어지며 말이 없고,
時奄冉[20]而就過.	시간은 어느새 흘러가 버렸네.
徒勤思以自悲,	부질없이 생각을 괴롭히며 스스로 슬퍼하나,
終阻山而帶河.	끝내는 산에 막히고 강에 둘러싸였네.

迎淸風以祛累,	맑은 바람을 맞이하여 얽매인 것을 떨어내고,
寄弱志以歸波.	흘러가는 물결에 나약한 마음을 보내리라.
尤蔓草之爲會,	「야유만초(野有蔓草)」의 만남[21]을 허물하며,
誦邵南之餘歌.	「소남」의 전해지는 노래[22]를 읊으리라.
坦萬慮以存誠,	온갖 생각을 평온하게 하고 참됨을 간직하여,
憩遙情于八遐.	팔방으로 멀리 달리는 감정을 쉬리라.

18 요량(寥亮): 소리가 높으면서 맑게 울려 퍼지는 것이다.

19 장최(藏摧): 슬퍼서 마음이 상하는 것이다.

20 엄염(奄冉): 세월이 빠른 모양이다.

21 『시경·정풍(鄭風)·야유만초(野有蔓草)』에서 남녀의 은밀한 만남을 노래하였다.

22 소남(邵南)은 『시경』 15국풍(國風) 중의 하나인 소남(召南)으로, 예의에 맞는 남녀의 만남을 읊은 시들이 있다.

「정정부(定情賦)」

후한(後漢) 장형(張衡, 78~139)[1]

❖ — 해제

『예문류취(藝文類聚)·인부(人部)』에 일부만이 전한다.

❖ — 역주

夫何妖女之淑麗,	얼마나 곱고 아름다운 여인인가,
光華艷而秀容.	화려함에 빛나는 수려한 용모로다.
斷當時而呈美,	당시에 없는 아름다움을 드러내니
冠朋匹而無雙.	무리에서 으뜸으로 상대가 없도다.

歎曰.	찬미한다.
大火[2]流兮草蟲鳴,	대화성이 흐르자 풀벌레들 울고
繁霜降兮草木零.	짙은 서리가 내리자 초목들이 진다.
秋爲期兮時已征,	가을로 약속을 했건만 때는 이미 지났고

1 장형(張衡): 후한 서악(西鄂) 출신으로 자가 평자(平子)이다. 경학과 천문에 정통하였고, 태사령(太史令), 상서(尙書), 시중(時中) 등을 역임하였다.

2 대화(大火): 28수(宿) 가운데 동방 청룡(靑龍) 7수의 하나인 심수(心宿)의 별칭이다

思美人兮愁屛營[3].	아름다운 여인을 생각하니 수심으로 어쩔 줄 모르겠다.

3 병영(屛營): 두려워 어찌할 바를 모르는 모양이다.

「정정부(靜情賦)」

후한(後漢) 채옹(蔡邕, 133~192)[1]

❖ — 해제

『예문류취(藝文類聚)·인부(人部)』에 「검일부(檢逸賦)」라는 제명으로 일부만이 전한다.

❖ — 역주

夫何姝妖之媛女, 얼마나 아름답고 고운 여인인가,

顔煒燁而含榮. 얼굴이 빛나며 광채를 머금었네.

普天壤其無儷, 온 세상에 상대할 이 없이,

曠千載而特生. 천 년에 걸쳐 유일하게 태어났네.

余心悅於淑麗, 내 마음은 아름다움을 좋아하지만

愛獨結而未並. 사랑을 홀로 맺은 채 함께하지 못하네.

情罔象而無主, 심정이 허망하여 중심이 없으니,

意徙倚[2]而左傾.[3] 의지도 방황하다가 낙심하네.

---

1 채옹(蔡邕): 후한(後漢) 진류(陳留) 출신으로 자가 백개(伯喈)이다. 낭중(郎中), 중랑장(中郎將) 등을 역임하였다. 시부(詩賦)를 잘하였으며 저서로 『채중랑전집(蔡仲郎全集)』이 있다.

2 사의(徙倚): 머뭇거리는 모습이다.

晝騁情以舒愛, 낮에는 마음을 쏟아 사랑을 펼치고,

夜託夢以交靈. 밤에는 꿈에 의지하여 영혼이 왕래하기를.

---

3 좌경(左傾): 의욕을 잃다, 낙심하다.

3
'돌아가리라'의 사와 서문
「귀거래혜사 병서(歸去來兮辭 幷序)」

❖ — 해제

도연명이 41세에 관직을 떠나 전원으로 돌아온 뒤, 돌아오게 된 배경과 당시의 심경, 앞으로의 각오 등을 서술한 글이다. 혼란한 시대에 자신의 인격을 고상하게 했던 도연명의 의지, 즉 '안빈낙도', '곤궁에 굳셈' 등의 유가적 자세와 '순응자연', '달관' 등의 도가적 경지에 대한 추구가 잘 드러나 있다.

북송 구양수(歐陽修)는 이 글에 대하여, "서진과 동진에는 문장이 없는데, 다행히 이 한 편이 있을 뿐이다.(兩晉無文章, 幸獨有此篇耳.)"라고 극찬하였다.

❖ — 역주

서문

余家貧,	나는 집이 가난하여
耕植不足自給.	농사를 지어도 자급하기에 부족하였다.
幼稚盈室,	어린것들은 방에 가득한데
缾無儲粟,	쌀독에는 모아 둔 쌀도 없고
生生[1]所資,	살아가는 데 필요한 것에 대해

未見其術. 그 구할 방법을 알지 못하였다.

親故多勸余爲長吏,[2] 친척과 친구들이 자주 내게 지방의 관리를 하도록 권하니,

脫然[3]有懷, 구애됨 없이 그럴 생각이 들어

求之靡途. 그것을 구했지만 길이 없었다.

會有四方之事, 마침 사방의 일[4]이 있어

諸侯以惠愛爲德, 제후께서 인자한 사랑으로 덕을 베풀었고

家叔以余貧苦, 숙부[5]께서도 내가 곤궁하다고 해서

遂見用於小邑. 마침내 작은 고을에 기용되었다.

于時風波未靜, 이때에 소란이 아직 안정되지 않아

心憚遠役, 마음속으로 멀리 나가 일하는 것을 꺼렸으나

彭澤去家百里, 팽택이 집에서 백 리 정도 떨어져 있고

公田之利, 관청의 전답에서 나는 수입으로

足以爲酒, 술을 담을 수 있었기 때문에

故便求之. 즉시 그것을 구하였다.[6]

---

1 생생(生生): 삶을 영위하다, 생활하다.

2 장리(長吏): 지방 장관의 보좌관을 통칭하는 말로, 녹봉이 4백석에서 2백석 사이인 현승(縣丞), 현위(縣尉) 등을 가리킨다. 녹봉이 백석 이하의 아전들은 '소리(少吏)'라고 하였다.

3 탈연(脫然): 초탈하여 구애됨이 없는 모양이다.

4 유유(劉裕) 등의 지방 군벌들이 환현(桓玄) 등의 반란을 토벌한다는 명목으로 세력을 모으던 상황을 가리킨다.

5 당시에 태상경(太常卿)으로 있던 도기(陶夔)이다. 태상경은 제사와 예악을 담당하는 관직이다.

及少日,	며칠 지나자
眷然[7]有歸與之情.	그리운 마음에 '돌아가야지' 하는 생각이 들었다.
何則,	왜 그런가 하면,
質性自然,	타고난 바탕이 자연스러워
非矯勵所得.	고치거나 힘써서 될 수 있는 것이 아니기 때문이었다.
飢凍雖切,	배고픔과 추위가 비록 절박하더라도
違己交[8]病.	나와 어긋나는 것은 모두 괴롭다.
嘗從人事,	일찍이 남의 일을 좇은 것은
皆口腹自役.	모두가 입과 배에 스스로가 부림을 당한 것이다.
於是悵然慷慨,	이에 서글프게 탄식하니
深媿平生之志.	평소의 뜻에 심히 부끄러웠다.
猶望一稔,	그래도 벼가 한 번 익기를 기다렸다가
當斂裳宵逝,	장차 옷차림을 정돈하고 밤에라도 떠나려고 했는데
尋程氏妹喪於武昌,	곧 정씨에게 시집간 누이동생이 무창에서 죽어
情在駿奔,	마음이 급하게 달려가는 데 있었기 때문에
自免去職.	자원 면직하였다.

---

6 소통(蕭統) 「도연명전(陶淵明傳)」, "관청의 전답에, 아전들에게 명하여 모두 차조를 심게 하면서 이르기를, '내가 늘 술에 취할 수만 있다면 만족하겠다.'라고 하였다.(公田, 悉令吏種秫曰, 吾常得醉于酒, 足矣.)"

7 권연(眷然): 그리워하는 모양, 연연해하는 모양이다.

8 교(交): 모두, 다

仲秋至冬,	팔월부터 겨울까지
在官八十餘日.	관직에 있은 것이 팔십여 일이었다.
因事順心,	일을 빌미로 마음을 따른 것이므로,
命篇曰歸去來.	글에 제목을 정하기를, 「귀거래」라고 하였다.
序乙巳歲十一月也.	을사년[9] 11월에 서문을 쓴다.

본문

歸去來兮.	돌아가리라.
田園將蕪胡不歸.	전원이 장차 거칠어져 가는데 어찌 돌아가지 않겠는가.
旣自以心爲形役,	이미 스스로 마음을 육체에 부림 받게 하였으나,
奚惆悵而獨悲.	어찌 상심하며 그저 슬퍼만 하겠는가.
悟已往之不諫,	이미 지나간 일은 따질 것 없음을 깨달았고
知來者之可追,	앞으로 올 일은 제대로 따를 만함을 알겠다.[10]
實迷途其未遠,	진실로 길을 잃은 것이 그렇게 멀지는 않으니,
覺今是而昨非.	지금이 옳고 지난날이 잘못되었음을 깨달았다.[11]
舟遙遙以輕颺,	배는 흔들흔들 가벼이 떠가고
風飄飄而吹衣.	바람은 살랑살랑 옷자락에 분다.

9 을사년: 동진 의희(義熙) 원년인 405년으로, 도연명 41세 되는 해다.

10 『논어 · 미자(微子)』, "초나라 광인(狂人)인 접여가 다음과 같이 노래하며 공자 앞을 지나갔다. '봉황이여, 봉황이여! 어찌 덕이 쇠하였는가. 지난 것은 따질 수 없지만 올 것은 그래도 좇을 수 있으니 그만둘 것이다. 그만둘 것이다. 오늘날 정치에 종사하는 자들은 위태롭다.'(楚狂接輿, 歌而過孔子曰. 鳳兮鳳兮, 何德之衰. 往者不可諫, 來者猶可追, 已而. 已而. 今之從政者, 殆而.)"

問征夫以前路,	길가는 나그네에게 앞길을 물으면서
恨晨光之熹微.	새벽빛이 희미한 것을 한스러워한다.

乃瞻衡宇,[12]	마침내 가로 막대 문을 단 집을 바라보고
載欣載奔,	기뻐하며 달려가니,
僮僕歡迎,	종 아이는 반갑게 맞이하고
稚子候門.	어린 자식들은 문에서 기다린다.
三逕[13]就荒,	세 갈래 길은 거칠어져 갔지만
松菊猶存.	소나무와 국화는 그래도 남아 있다.
攜幼入室,	어린것들 손 잡고 방에 들어가니,
有酒盈罇.	술이 항아리에 가득하다.
引壺觴以自酌,	술병과 잔을 당겨 혼자서 따라 마시고
眄庭柯以怡顏.	정원의 나뭇가지를 돌아보며 얼굴을 편다.
倚南窗以寄傲,	남쪽 창가에 기대어 의기양양해 하니,

---

11 『장자·우언(寓言)』에, "공자(孔子)는 나이 60이 되도록 60번 변하였으니, 처음에 옳다고 하던 것을 끝에 가서는 틀렸다고 하였다. 지금 이른바 옳다고 하는 것이라도 59살 때에 틀렸다고 한 것이 아닌지 알 수 없다.(孔子行年六十而六十化, 始時所是, 卒而非之. 未知今之所謂是之非五十九非也.)"라고 하였다.

12 형우(衡宇): 나무 하나를 가로로 걸쳐 문을 대신한 집으로 가난한 은자(隱者)의 거처를 가리킨다. 『시경·진풍(陳風)·형문·(衡門)』에, "가로 막대 문 안에 머물며 쉴 수 있다. 샘물이 졸졸 흐르니 굶주림에도 즐길 수 있다.(衡門之下, 可以棲遲. 泌之洋洋, 可以樂飢.)"라고 하였다.

13 삼경(三徑): 한(漢)나라 장후(蔣詡)가 은거하면서 집 앞의 대나무밭에 세 갈래의 길을 만들고, 은사인 구중(求仲), 양중(羊仲) 두 사람하고만 교류한 고사에서 따온 말이다.

審容膝之易安.	무릎을 넣을 만한 좁은 곳이 편안하기에 쉬움을 알겠다.
園日涉以成趣,	정원은 날마다 거닐어 취미가 되었고,
門雖設而常關.	대문은 비록 세워져 있으나 항상 닫혀 있다.
策扶老[14]以流憩,	지팡이를 짚고 돌아다니다 쉬면서
時矯首而遐觀.	때때로 머리를 들어 멀리 바라본다.
雲無心以出岫,	구름은 무심히 산의 바위틈에서 나오고
鳥倦飛而知還.	새는 날기에 지쳐 돌아갈 줄을 아는구나.
景翳翳[15]以將入,	햇빛이 어둑어둑 장차 지려 하는데,
撫孤松而盤桓.[16]	홀로 선 소나무를 어루만지며 서성인다.[17]

歸去來兮.	돌아가리라.
請息交以絶遊.	교제를 그만두고 어울림을 끊어야겠다.
世與我而相違,	세상이 나와는 서로 어긋나니
復駕言兮焉求.	다시 수레를 타고 나가 무엇을 구하겠는가.
悅親戚之情話,	친척들과의 정다운 대화를 기뻐하고

14 부로(扶老): 지팡이를 가리킨다.
15 예예(翳翳): 어두워서 분명하지 않은 모양이다.
16 반환(盤桓): 머뭇거리며 서성이다, 배회하다.
17 소나무는 사시사철 푸르름을 잃지 않는 한결같음 때문에 예로부터 변함없는 절개나 덕성을 상징하였다.[『논어 · 자한(子罕)』, "날씨가 추워진 뒤에야 소나무와 잣나무가 늦게 시드는 것을 알게 된다.(歲寒然後, 知松栢之後彫也.)"; 『장자 · 양왕(讓王)』, "큰 추위가 이르고 서리와 눈에 내리게 되면, 나는 이로써 소나무와 잣나무의 무성함을 알게 된다.(大寒旣至, 霜雪旣降, 吾是以知松柏之茂也.)"]

樂琴書以消憂.	거문고와 책을 즐기면서 시름을 잊으리라.

農人告余以春及,	농부가 나에게 봄이 왔다고 알리면,
將有事於西疇.	장차 서쪽 밭에서 농사일을 해야겠다.
或命巾車,	혹은 천을 두른 수레를 준비하게 하고
或棹孤舟,	혹은 한 척의 배를 저어,
旣窈窕[18]以尋壑,	이미 깊숙하게 물골을 찾아들기도 하고
亦崎嶇[19]而經邱.	또한 울퉁불퉁한 길로 언덕을 지난다.
木欣欣[20]以向榮,	나무들은 생기를 머금은 채 무성해져 가고
泉涓涓[21]而始流.	샘물은 졸졸거리며 흐르기 시작한다.
善萬物之得時,	만물이 제때를 얻은 것이 부럽고
感吾生之行[22]休.	나의 삶이 장차 끝나 감을 느낀다.

已矣乎.	그만두자.
寓形宇內復幾時,	세상에 몸을 의탁한 것이 또한 얼마나 된다고,
曷不委心任去留,[23]	어찌 마음에 맡겨 자연의 섭리에 따르지 않겠으며,

18 요조(窈窕): 깊숙한 모양이다.
19 기구(崎嶇): 울퉁불퉁한 모양이다.
20 흔흔(欣欣): 생기 있는 모양이다.
21 연연(涓涓): 졸졸 흐르는 모양이다.
22 행(行): '장(將)'과 통하여 '장차'의 뜻이다.
23 거류(去留): 죽음과 삶, 즉 자연의 섭리를 가리킨다. 혜강(嵇康) 「금부(琴賦)」에, "만물을 한 가지로 보아 초연하게 만족하고, 운명에 맡겨 자연의 섭리대로 한다.(齊萬物兮超自得, 委性命兮任去留.)"라고 하였다.

胡爲乎遑遑[24]欲何之.	무엇 때문에 허둥대며 어디를 가려 하겠는가.
富貴非吾願,	부귀는 내가 바라는 것이 아니고
帝鄕[25]不可期.	신선 세계는 기약할 수 없다.
懷良辰以孤往,	좋은 시절을 마음에 두고 있다가 홀로 나서고
或植杖而耘耔,	혹은 지팡이를 세워 놓은 채 김매고 북돋워 줄 것이며,
登東皐以舒嘯,	동쪽 언덕에 올라 길게 휘파람을 불고
臨淸流而賦詩.	맑은 물가에 이르러 시를 지으리라.
聊乘化以歸盡,	그저 변화를 따라 죽음으로 돌아가리니,
樂夫天命復奚疑.	저 천명을 즐김에 다시 무엇을 의심하리오.[26]

24 황황(遑遑): 몹시 급하여 허둥대는 모양이다.

25 제향(帝鄕): 선경(仙境), 즉 신선 세계를 가리킨다.

26 도가적 '순응자연(順應自然)'이고 유가적 '순리(順理)'이다.

「귀전부(歸田賦)」

후한(後漢) 장형(張衡, 78~139)[1]

❖— 해제

장형이 정치에 염증을 느낀 뒤에 한가로운 생활을 추구하는 마음을 서술한 작품으로, 도연명 「귀거래혜사」의 연원이 되는 작품으로 평해진다.

❖— 역주

遊都邑[2]以永久,	도성에 머물면서 오랜 시간이 지났으나,
無明略以佐時.[3]	고명한 지략이 없어 시대에 도움이 되지 못한다.[4]
徒臨川以羨魚,	부질없이 시내에 다가가서 물고기를 욕심내었으니,[5]

---

1 장형(張衡): 후한 서악(西鄂) 출신으로 자가 평자(平子)이다. 경학과 천문에 정통하였고, 태사령(太史令), 상서(尙書), 시중(時中) 등을 역임하였다.

2 도읍(都邑): 동한(東漢)의 도성인 낙양(洛陽)을 가리킨다.

3 좌시(佐時): 당시의 군주를 보좌하는 것을 가리킨다.

4 장형은 안제(安帝) 시기에 낙양에 불려가서 낭중령(郎中令)의 직책을 맡았고 후에 태사령(太史令)과 공거사마령(公車司馬令) 등을 역임하였으나 중책을 맡지는 못하였다.

5 『회남자·설림훈(說林訓)』에, "황하에 다가가서 물고기를 욕심내는 것보다는 집에 돌아가 그물을 짜는 것이 낫다.(臨河而羨魚, 不如歸家織網.)"라고 하였다.

俟河淸[6]乎未期.	황하가 맑아지기를 기다렸으나 기약할 수 없구나.
感蔡子之慷慨,	채택(蔡澤)[7]이 강개했던 것에 느낌이 일어나지만
從唐生以決疑.	당거(唐擧)[8]를 따라 의심을 결정하리라.
諒天道之微昧,	진실로 하늘의 도가 은미하니
追漁父以同嬉.	어부를 따르며 즐거움을 함께 할 것이다.[9]
超埃塵[10]以遐逝,	혼탁한 세상을 벗어나 멀리 떠나서
與世事乎長辭.	세상사와 길이 작별하리라.

於是仲春令月,	이에 2월의 좋은 달이 되니,
時和氣淸.	계절은 온화하고 대기는 맑다.
原隰[11]鬱茂,	언덕과 습지에 초목이 무성하고
百草滋榮.	온갖 풀들이 자라나 꽃을 피운다.

6 하청(河淸): 태평성대의 상서로움을 비유한다. 고대인들은 황하의 물이 맑아지는 것이 정치가 맑아지는 징조로 파악하였다.

7 채택(蔡澤): 전국시대 연(燕)나라 사람으로 뜻을 얻지 못하다가 범저(范雎)의 추천으로 마침내 진(秦)나라 소왕(昭王)의 재상이 되었다.

8 당거(唐擧): 전국시대 위(魏)나라 사람으로 관상술에 뛰어났다. 채택이 뜻을 얻지 못했을 때 당거에게 관상을 물은 일이 있었고, 그의 답변에 분발하여 진(秦)나라로 들어가 재상이 되었다.

9 굴원의 「어부사(漁父辭)」에, 어부가 "창랑(滄浪)의 물이 맑으면 나의 갓끈을 빨 수 있고, 창랑의 물이 흐리면 나의 발을 씻을 수 있다네.(滄浪之水淸兮, 可以濯吾纓, 滄浪之水濁兮, 可以濯吾足.)"라고 하였다. 어둡고 혼탁한 세상에 숨어 사는 어부를 쫓아 그와 즐거움을 함께하겠다는 뜻이다.

10 애진(埃塵): 혼탁한 세속을 비유한다.

11 원습(原隰): '원(原)'은 높은 언덕이고 '습(隰)'은 낮은 습지이다.

王[12]雎鼓翼,	큰 물수리는 날갯짓을 하고
鶬鶊哀鳴.	꾀꼬리는 슬프게 운다.
交頸[13]頡頏,	짝을 이루어 날아 오르내리며
關關嚶嚶.[14]	꾸꾸, 앵앵 울어댄다.
於焉逍遙,	이에 한가롭게 거닐며
聊以娛情.	그런대로 심정을 즐겁게 한다.
爾乃龍吟方澤,	이에 큰 연못에서 용처럼 시를 읊조리고
虎嘯山丘.	산언덕에서 호랑이처럼 울부짖는다.
仰飛纖繳,	머리 들고 가는 실을 묶은 주살을 날리고
俯釣長流.	머리 숙이고 길게 흐르는 물길에서 낚시를 한다.
觸矢而斃,	(새들은) 화살에 맞아 죽고
貪餌吞鉤,	(물고기들은) 미끼를 탐하여 바늘을 삼키니,
落雲間之逸禽,	구름 사이로 달아나던 새가 떨어지고
懸淵沈之魦鰡.[15]	깊은 연못에 가라앉은 모래무지가 걸려든다.

於時曜靈[16]俄景,[17]	이때 해는 기울고
繼以望舒.[18]	이어서 달이 떠오른다.

12 왕(王): '대(大)'와 통하여, '크다'의 뜻이다.
13 교경(交脛): 새들이 서로 고개를 비비는 모습에서, 암수가 사이가 좋음을 비유한다.
14 관관앵앵(關關嚶嚶): 새의 암수가 서로 화답하며 우는 소리이다.
15 사류(魦鰡): 모래무지이다.
16 요령(曜靈): 해, 태양이다.
17 아경(俄景): 석양이다. '아(俄)'는 '기울다'의 뜻이다.
18 망서(望舒): 달이 탄 수레를 몬다는 신의 이름에서, 달을 가리키는 말로 쓰인다.

極般遊之至樂,	유람의 지극한 즐거움을 만끽하니
雖日夕而忘劬.[19]	비록 해가 저물어도 피곤함을 잊는다.
感老氏之遺誡,	노자(老子)가 남긴 교훈[20]을 생각하며
將迴駕乎蓬廬.[21]	곧 초라한 집으로 수레를 돌린다.
彈五絃之妙指,[22]	오현금의 아름다운 노래를 연주하고,
詠周孔之圖書.	주공(周公)과 공자(孔子)의 전적을 읽는다.
揮翰墨以奮藻,[23]	붓을 휘둘러 아름다운 문장을 지어서
陳三皇[24]之軌模.	삼황의 법도를 서술한다.
苟縱心於域外,	진실로 세속의 밖에서 마음대로 노니니
安知榮辱之所如.	어찌 영화와 모욕이 향하는 곳을 알리오.

---

19 구(劬): '수고롭다', '바쁘게 일하다'의 뜻이다.

20 『노자·12장』에, "말을 달리며 사냥하는 것은 사람의 마음을 미치게 한다.(馳騁畋獵, 令人心發狂.)"라고 하였다.

21 봉려(蓬廬): 띠풀로 엮은 집으로, 누추한 집을 가리킨다.

22 묘지(妙指): '묘지(妙旨)'와 통하여 아름다운 음악을 가리킨다.

23 조(藻): 사조(詞藻), 즉 아름다운 문장을 가리킨다.

24 삼황(三皇): 전설에 나오는 고대의 성왕으로, 천황(天皇)·지황(地皇)·인황(人皇), 또는 수인(燧人)·복희(伏犧)·신농(神農), 복희·신농·여와(女媧)를 가리키는 등, 여러 설이 있다.

「화귀거래사(和歸去來辭)」

북송(北宋) 소식(蘇軾, 1036~1101)[1]

❖— 해제

소식이 「서문」에서 "도연명의 「귀거래사」에 화운하여 글을 지었는데 무하유지향을 집으로 삼았다."라고 하였듯이 「귀거래사」의 운자에 맞춰 글을 지었지만 내용은 다른 방향으로 구성하였다. 즉 그가 돌아가고자 한 곳은 도연명이 말한 '전원'이 아니고 정신적 안식처인 '무하유지향'임을 밝히고 있다. 당시에 그가 처한 극한 환경[정치적 좌절과 오지 유배 등] 때문이었겠지만, 도연명이 「귀거래사」에서 보인 담담하고 고상한 경지에 이르지는 못했다. 도연명의 「귀거래사」에 화운한 최초의 작품이라는 데 의미가 있다고 하겠다.

❖— 역주

서문

子瞻謫居昌化,[2]	내가 창화에 유배되어 머물면서

1 소식(蘇軾): 북송 미주(眉州) 출신으로 자가 자첨(子瞻)이고 호가 동파거사(東坡居士)이며 시호(諡號)는 문충(文忠)이다. 중서사인(中書舍人), 예부상서(禮部尚書) 등을 역임하였다. 저명한 문학가이자 서화가로, 아버지 소순(蘇洵), 동생 소철(蘇轍) 등과 함께 이름을 떨쳐 '삼소(三蘇)'라고 불렸다.

追和淵明歸去來辭, 도연명의 「귀거래사」에 화운하여 글을 지었는데

蓋以無何有之鄕[3]爲家. 무하유지향을 집으로 삼았다.

雖在海外, 비록 바다 밖에 있지만

未嘗不歸云爾. 일찍이 (무하유지향에) 돌아가지 않은 적이 없었다.

본문

歸去來兮. 돌아가리라.

吾方南遷安得歸? 내가 막 남쪽으로 좌천되었으니 어떻게 돌아갈 수 있을까?

臥江海之澒洞,[4] 아득한 강과 바다에 머물며,

弔角鼓之淒悲. 뿔피리와 북소리의 쓸쓸함을 안타까워한다.

跡泥蟠而愈深, 발이 진흙탕에 빠져 더욱 깊어지는데

時電往而莫追. 시간은 번개처럼 지나가니 좇을 수 없네.

懷西南之歸路, 서남쪽에서 돌아갈 길을 생각하니,

夢良是而覺非. 꿈에서는 참으로 옳았는데 깨어보니 잘못되었네.

悟此生之何常, 이 삶이 어찌 영원할 것인가를 깨닫겠으니,

猶寒暑之異衣. 마치 추위와 더위에 옷을 갈아입는 것과 같네,

---

2 창화(昌化): 송나라 때 광남서로(廣南西路)에 속했던 행정 구역으로, 지금의 해남(海南) 담현(儋縣) 서북 지역이다.

3 무하유지향(無何有之鄕): 아무것도 없는 무애의 세계로, 세속의 번잡함이 없는 낙원을 가리킨다. 『장자·열어구(列禦寇)』에, "저 지인(至人)이란 이들은 시작도 없던 근본으로 정신을 돌리고, 무하유의 땅에서 달게 잔다.(彼至人者, 歸精神乎無始, 而甘冥乎無何有之鄕.)"라고 하였다.

4 홍동(澒洞): 널리 퍼져나가는 모양, 아득한 모양이다.

豈襲裘而念葛,	어찌 갖옷을 입고서 갈옷을 생각하겠는가,
蓋得犓[5]而喪微.	큰 것을 얻었으면 작은 것을 버릴 일이다.

我歸甚易,	나의 돌아감은 매우 쉬우니,
匪馳匪奔.	말을 몰거나 내달리는 것이 아니다.
俯仰還家,	잠깐 사이에 집에 돌아와
下車闔門.	수레에서 내려 문을 닫는다.
藩垣雖缺,	담장은 비록 허물어졌으나,
堂室故存.	집과 방은 그대로 남아 있다.
挹我天醴,	나의 좋은 술을 떠서,
注之窪尊.	깊은 잔에 따른다.
飮月露以洗心,	달빛 아래 내린 이슬을 마시며 마음을 씻어내고,
餐朝霞而眩顔.	아침노을을 먹으니 얼굴에 빛이 난다.
混客主而爲一,	객과 주인이 뒤섞여 하나가 되니,
俾婦姑之相安.	며느리와 시어머니를 서로 편안하게 하였도다.[6]
知盜竊之何有,	도둑이 어디에 있는지 알리오,
乃捂門而折關.	문을 열어 놓고 빗장을 부러뜨렸네.
廓圜鏡以外照,	둥근 거울을 펼쳐 밖을 비추니,
納萬象而中觀.	삼라만상이 들어와 이치를 직관하노라.
治廢井以晨汲,	버려진 우물을 손질하고 새벽에 물을 길으니,

5 추(犓): 거칠다, 크다.

6 『장자·외물(外物)』에, "방 안에 빈 공간이 없으면 시어머니와 며느리가 다투게 된다.(室無空虛, 則婦姑勃谿.)"라고 하였다.

滃[7]百泉之夜還.	여러 샘물이 솟아 밤사이에 다시 찼네.
守靜極以自作,	고요함과 지극함을 지킴에 (만물이) 스스로 성장하니,[8]
時爵躍而鯢桓.	때로는 참새처럼 뛰기도 하고 고래처럼 배회하기도 한다.

歸去來兮.	돌아가리라.
請終老於斯遊.	청컨대 이 유람으로 일생을 마치리라.
我先人之弊廬,	우리 선조들[9]의 낡은 집이지만
復舍此而焉求.	다시 이것을 버리고 무엇을 구하겠는가.
均海南與漢北,	바다의 남쪽과 한수의 북쪽이 하나이니.
挈往來而無憂.	손을 이끌고 오고 감에 근심이 없다.
畸人[10]告予以一言,	기인이 나에게 말 한마디를 알리니,
非八卦與九疇.[11]	팔괘도 구주도 아니었다.
方飢須糧,	배고프면 양식을 찾고
已濟無舟.	강을 건넜으면 배가 필요 없네.

7 옹(滃): 물이 용솟음치는 모양이다.

8 『노자(老子)·제16장』, "비우기를 극진히 하고 고요함 지키기를 돈독히 하라. 만물이 모두 성장하니 나는 그것들이 순환하는 것을 본다.(致虛極, 守靜篤. 萬物並作, 吾以觀其復.)"

9 장자(莊子)처럼 '무하유지향'에서 머물던 이들을 가리킨다.

10 기인(畸人): 독특한 뜻과 행실로 세속을 초탈한 사람이다.

11 구주(九疇): 천하를 다스리는 아홉 가지 큰 법이다. 『서경(書經)·홍범(洪範)』에, "하늘이 우(禹)임금에게 홍범구주(洪範九疇)를 내려 주시니, 사람의 도리가 펴지게 되었다.(天乃錫禹洪範九疇, 彝倫攸敘.)"라고 하였다.

忽人牛之皆喪, 홀연 사람과 소를 모두 잃으니[12]

但喬木與高丘. 다만 교목과 높은 언덕뿐이로다.

驚六用之無成, 육근(六根)[13]의 작용이 이룸이 없음[14]을 깨우쳤으면

自一根之返流. 스스로 하나의 근원으로 돌아갈 것이다.

望故家而求息, 고향집[15]을 바라보며 휴식을 구하니

曷中道之三休. 어찌 중도에서 세 번이나 쉬겠는가.

已矣乎. 그만두자,

吾生有命歸有時. 나의 삶은 명이 있으니 돌아갈 때가 있으리라.

我初無行亦無留, 나는 애당초 행함도 머묾도 없었으니

駕言[16]隨子聽所之. 수레를 메고 그대를 좇아서 가는 대로 따르리라,

豈以師南華,[17] 어찌 장자를 스승 삼으면서

而廢從安期.[18] 안기를 따르는 것을 그만두랴.

---

12 사람의 본심을 소에 비유하여 소를 찾고 얻는 순서와 얻은 뒤에 주의할 것을 열 가지로 표현한 십우도(十牛圖)의 내용이다. '사람과 소를 모두 잃음'은 죽음으로 몸과 마음이 모두 사라지는 것을 가리킨다.

13 육근(六根): 안(眼), 이(耳), 비(鼻), 설(舌), 신(身), 의(意)를 가리킨다.

14 죽음을 비유한다.

15 무하유지향을 가리킨다.

16 언(言): 어조사이다.

17 남화(南華): 당나라 현종(玄宗) 시기에 장주(莊周)에게 '남화진인(南華眞人)'이라는 호를 하사하고, 그의 저서를 『남화진경南華眞經』이라고 하였다. 여기에서 장자(莊子), 또는 『장자』를 이르는 말이 되었다.

18 안기(安期): 전국시대 낭야(琅琊) 부향(阜鄉) 사람으로 바닷가에서 약초를 캐서 팔았으며, 진시황(秦始皇)이 그를 찾아와 도에 관해 물었다고 한다.

謂湯稼之終枯,	탕임금 때의 농사에 (벼가) 결국 시들었다고 하여
遂不溉而不耔.	마침내 물을 대주지 않고 김을 매주지 않았네.[19]
師淵明之雅放,	도연명의 고상함과 활달함을 스승 삼고
和百篇之新詩.	백 편의 새로운 시에 화작(和作)하였다.[20]
賦歸來之清引,	「화귀거래사」의 맑은 노래를 지으니,
我其後身[21]蓋無疑.	내가 그의 후신임은 아마도 의심할 것이 없으리라.

---

19 삼국시대 위(魏) 혜강(嵇康) 「양생론(養生論)」, "탕(湯) 임금 시절에(7년의 가뭄이 들었을 때) 농사를 짓는데, 단지 한 번 물을 댄 노력이 있다면, 비록 결국은 말라 죽더라도 한 번 물을 댄 이후에 말라 죽었을 것이다. 그렇다면 한 번 물을 댄 유익함은 진실로 무시할 수 없다.(夫爲稼於湯之世, 偏有一溉之功者, 雖終歸燋爛, 必一溉者後枯. 然則一溉之益, 固不可誣也.)

20 소식이 도연명의 시에 화작(和作)한 것은 109수이다.

21 후신(後身): 내세에 다시 태어난 몸을 가리킨다.

「화귀거래사(和歸去來辭)」

고려(高麗) 이인로(李仁老, 1152~1220)[1]

❖— 해제

이 글도 도연명의 「귀거래혜사」의 운을 따라 구성하였지만 의경(意境)은 소식의 「화귀거래사」를 따른 것이다. 이인로의 경우도 소식처럼 당시에 그가 처한 환경[무신집권으로 인한 정치적 좌절 등] 때문이었겠지만 도연명이 「귀거래사」에서 보인 담담하고 고상한 경지에 이르지는 못했다. 그러나 이 글은 도연명의 「귀거래사」에 화운한 우리나라 최초의 작품이라는 데에 의미가 있다.

❖— 역주

歸去來兮.	돌아가리라.
陶潛昔歸吾亦歸.	도잠이 옛날에 돌아갔듯이 나 또한 돌아가리라.
得隍鹿而何喜,	해자의 사슴을 얻은들 무엇이 기쁘며,[2]

---

1 이인로(李仁老): 고려(高麗) 고종(高宗) 때의 문신이자 학자로, 자는 미수(眉叟), 호는 쌍명재(雙明齋)이다. 예부원외랑(禮部員外郎), 우간의대부(右諫議大夫) 등을 역임하였고, 문장과 글씨에 뛰어났다. 저서에 『은대집(銀臺集)』, 『쌍명재집(雙明齋集)』, 『파한집(破閑集)』 등이 있다.

2 『열자·주목왕(周穆王)』에, "정(鄭)나라 사람으로 들에서 땔나무를 하는 자가 있었는데, 도망치는 사슴을 만나 때려서 죽였다. 남들이 볼까 두려워 서둘러 해자에

失塞馬而奚悲.	변새의 말 잃은들 어찌 슬프겠는가.[3]
蛾赴燭而不悟,	나방은 촛불에 뛰어들면서도 깨닫지 못하고,
駒過隙而莫追.	말이 틈을 지나듯 하는[4] 세월을 따를 수 없다.
纔握手而相誓,	금방 손잡고 함께 맹세하더니,
未轉頭而皆非.	머리를 돌리기도 전에 모두가 비난한다.
摘殘菊而爲飡,	시든 국화 따서 저녁밥을 짓고,
緝破荷而爲衣.	찢어진 연잎 모아 옷을 만든다.[5]
旣得反於何有,[6]	이미 무하유지향에 돌아오게 되었으니,
誰復動於玄微.[7]	누가 다시 현미함을 동요시키겠는가.

蝸舍雖窄,	달팽이 집이 비록 좁을지라도
蟻陣爭奔.	개미 떼는 달리기를 다툰다.
蛛絲網扇,	거미줄이 문짝에 쳐지고

감추고 땔나무로 덮어둔 채 기쁨을 이기지 못하였다. 얼마 후 감춘 자리를 잊고는 결국 꿈꾼 것으로 여겨 버렸다.(鄭人有薪於野者, 遇駭鹿, 御而擊之斃之. 恐人見之也, 遽而藏諸隍中, 覆之以蕉, 不勝其喜. 俄而遺其所藏之處, 遂以爲夢焉.)"라고 하였다.

3 『회남자·인간훈(人間訓)』에 보이는 '새옹지마(塞翁之馬)'의 고사이다.

4 『장자·지북유(知北遊)』에, "사람이 천지 사이에 사는 것은 마치 흰 말이 틈 앞을 지나가는 것과 같아, 순간일 뿐이다.(人生天地之間, 若白駒之過郤, 忽然而已.)"라고 하였다.

5 굴원 「이소(離騷)」, "마름과 연잎을 잘라 상의를 만들고, 부용을 모아 하의를 만들리라.(製芰荷以爲衣兮, 集芙蓉以爲裳.)"

6 하유(何有): 무하유지향(無何有之鄕)의 다른 표현으로 세속의 번잡함이 없는 낙원을 가리킨다. 『장자·열어구(列禦寇)』에, "저 지인(至人)이란 이들은 시작도 없던 근본으로 정신을 돌리고, 무하유의 땅에서 달게 잔다.(彼至人者, 歸精神乎無始, 而甘冥乎無何有之鄕.)"라고 하였다.

7 현미(玄微): 심원하고 오묘한 이치를 가리킨다.

雀羅設門.	참새 그물이 문에 펼쳐졌다.[8]
臧穀俱亡,	장(臧)과 구(穀)가 모두 (양을) 잃었고[9]
荊凡孰存.	초나라와 범나라는 어느 나라가 존재하는가.[10]
以神爲馬,	정신으로 말을 삼고,[11]
破瓠爲樽.	큰 박을 쪼개 통을 만들 것이다.[12]
身將老於菟裘,[13]	몸이 장차 도구에서 늙는다면.

8 『사기 · 급정열전(汲鄭列傳)』, "처음에 책공이 정위(廷尉)가 되었을 때 빈객들이 문전에 가득하였다. 벼슬에서 물러나자 대문 밖에 참새 그물을 칠 수 있었다.(始翟公爲廷尉, 賓客闐門. 及廢, 門外可設雀羅.)

9 『장자 · 변무(騈拇)』, "장(臧)과 구(穀) 두 사람이 함께 양을 치다가 모두 양을 잃었다. 장에게 무슨 일인가를 물으니 죽간을 가지고 글을 읽었다 하고, 구에게 무슨 일인가를 물으니 노름을 하면서 놀았다고 하였다. 두 사람의 경우가 한 일은 같지 않지만, 그들이 양을 잃어버린 점에서는 똑같다.(臧與穀二人, 相與牧羊, 而俱亡其羊. 問臧奚事, 則挾筴讀書, 問穀奚事, 則博塞以遊. 二人者, 事業不同, 其於亡羊均也.)"

10 『장자 · 전자방(田子方)』, "초왕(楚王)이 범(凡)나라 왕과 함께 앉아 있었는데 잠시 후에 초왕의 측근들 가운데 범(凡)은 망한 나라라고 말한 자가 셋이었다. 범나라 왕이 말하기를, '범나라는 망했지만 나의 존재를 잃게 하지는 못했소. 범나라가 망한 것이 나의 존재를 잃게 하지 못했다면 초나라의 존재도 존재하는 것을 존재하는 것으로 여길 수 없소. 이로 보건대 범나라는 애당초 망한 적이 없고, 초나라는 애당초 존재한 적이 없는 것이오.'라고 하였다.(楚王與凡君坐, 少焉, 楚王左右曰凡亡者三. 凡君曰, 凡之亡也, 不足以喪吾存. 夫凡之亡不足以喪吾存, 則楚之存不足以存存. 由是觀之, 則凡未始亡, 而楚未始存也.)"

11 『장자 · 대종사(大宗師)』, "나의 엉덩이를 변화시켜 수레바퀴로 만든다면, 정신을 말[馬]로 삼아 나는 그것을 탈 것이다.(化予之尻以爲輪, 以神爲馬, 予因以乘之.)"

12 『장자 · 소요유(逍遙遊)』, "지금 그대가 닷 섬들이 박을 가지고 있다면, 어찌하여 이것으로 큰 통을 만들어 강호에 떠다닐 생각을 하지 않소.(今子有五石之瓠, 何不慮以爲大樽, 而浮乎江湖.)"

13 도구(菟裘): 산동성 사수현(泗水縣)의 지명으로, 늙어서 사직하고 은거하는 곳을

樂不減於商顏.[14]	즐거움은 상안보다 덜하지 않으리라.
遊於物而無忤,	상대와 어울리며 거슬림이 없으니
在所寓以皆安.	머무는 곳마다 모두 편안하다.
鱗固潛於尺澤,	물고기는 본디 작은 연못에도 잠기고
翅豈折於天關.	새는 어찌 하늘의 문에서 날개가 꺾이겠는가.
肯逐情而外獲,	감정을 쫓아 밖에서 얻으려 하겠지만,
方收視以內觀.	바야흐로 시선을 거두어 안으로 살필 것이다.[15]
途皆觸而無礙,	길은 모두가 닿는 곳마다 막힘이 없고,
興苟盡則方還.	흥이 만약 다하면 바로 돌아오리라.[16]
鵬萬里而奚適,	붕새는 만 리를 어찌 가려는가,[17]
鷦一枝而尙寬.	뱁새는 나뭇가지 하나로도 오히려 넉넉하다.[18]

◆————

가리킨다. 『춘추좌전 · 은공(隱公) · 11년』에, "(노나라) 은공이 말하기를, '(내가 군주가 된 것은) 그[노나라 환공(桓公)]가 어렸기 때문이다. 나는 장차 그에게 자리를 물려주고 도구에 집을 짓도록 할 것이다. 나는 장차 거기서 늙을 것이다.'라고 하였다.(公曰, 爲其少故也. 吾將授之矣. 使營菟裘. 吾將老焉.)"라고 하였다.

14 상안(商顏): 상산(商山)의 꼭대기라는 뜻이다. 진(秦)나라 말기에 상산사호(常山四皓)가 은거하던 곳으로, 지금 섬서성(陝西省) 상현(商縣) 동남쪽에 있다.

15 『열자 · 중니(仲尼)』, "밖으로 도는 자는 사물에서 구비됨을 추구하고, 안으로 살피는 자는 자신에게서 충족됨을 취한다.(外遊者, 求備於物, 內觀者, 取足於身.)"

16 진(晉)나라 왕자유(王子猶)의 고사이다. 『세설신어(世說新語) · 임탄(任誕)』에, "(왕자유는) 갑자기 대안도가 생각났다. 당시 대안도는 섬현에 있었는데 곧장 밤에 작은 배를 타고 그를 찾아 나섰다. 하룻밤이 지나서 비로소 도착했는데 대문까지 갔다가 들어가지 않은 채 돌아갔다. 어떤 사람이 그 까닭을 물으니, 왕자유가 말하기를, '내가 본래 흥이 올라서 왔는데 흥이 다해서 돌아가니, 어찌 꼭 대안도를 만나야만 하겠소.'라고 하였다.(忽憶戴安道. 時戴在剡, 卽便夜乘小船就之. 經宿方至, 造門不前而返. 人問其故, 王曰, 吾本乘興而行, 興盡而返, 何必見戴.)"라고 하였다.

信解牛之悟惠,	소를 잡는 백정이 문혜군(文惠君)을 깨우쳤음[19]을 믿겠고,
知斲輪之對桓.	바퀴 깎는 목수가 제(齊) 환공(桓公)에게 대답한 것[20]을 알겠다.
歸去來兮.	돌아가리라.
問老聃之所遊.	노자가 노닌 곳을 물어보리라.
用必期於無用,	쓸모는 반드시 쓸모가 없는 데서 찾아야 하고,[21]

17 『장자 · 소요유(逍遙遊)』, “붕새의 등도 그것이 몇천 리인지 모른다. 깃을 떨치고 날게 되면 그 날개는 마치 하늘가의 구름과 같다. 이 새는 바다가 움직이면 장차 남쪽 바다로 옮겨 가려 한다.(鵬之背, 不知其幾千里也. 怒而飛, 其翼若垂天之雲. 是鳥也, 海運則將徙於南冥.)”

18 『장자 · 소요유(逍遙遊)』, “뱁새가 깊은 숲속에 둥지를 틀어도, (필요한 것은) 나뭇가지 하나에 지나지 않는다.(鷦鷯巢於深林, 不過一枝.)”

19 백정이 소를 잡는 기술을 도(道)에 비유하여 문혜군[위(魏) 양혜왕(梁惠王)]에게 양생(養生)의 도를 깨우친 내용이다. 『장자 · 양생주(養生主)』에, “포정이 문혜군을 위해 소를 잡았다. … 문혜군이 말하였다. 훌륭하구나. 나는 포정의 말을 듣고 양생의 이치를 터득하였다.(庖丁爲文惠君解牛. … 文惠君曰. 善哉. 吾聞庖丁之言, 得養生焉.)”라고 하였다.

20 수레바퀴를 깎는 목수가 제 환공에게 바퀴를 깎는 이치를 가지고, 도는 스스로 깨치는 수밖에 없다는 가르침을 폈다. 『장자 · 천도(天道)』에, “환공이 대청 위에서 책을 읽는데, 윤편이 대청 아래서 수레바퀴를 깎고 있다가 망치와 끌을 놓고 올라와 환공에게 물었다. ‘감히 묻겠습니다. 전하께서 읽고 계신 것은, 무슨 말씀입니까?’ 환공이 대답하였다. ‘성인의 말씀이다.’ … ‘옛날 사람은 그 전할 수 없는 것[도(道)]과 함께 죽었습니다. 그렇다면 전하께서 읽고 계시는 것은 옛사람들의 찌꺼기일 뿐입니다.’(桓公讀書於堂上, 輪扁斲輪於堂下, 釋椎鑿而上, 問桓公曰. 敢問. 公之所讀者, 何言邪? 公曰. 聖人之言也. … 古之人, 與其不可傳也死矣. 然則君之所讀者, 故人之糟魄已夫.)”라고 하였다.

求不過於無求.	구함은 구함이 없는 데에 지나지 않는 것이다.[22]
化蝶翅而猶悅,	나비의 날개로 변하는 것이 오히려 기쁘고,[23]
續鳧足則可憂.	물오리의 다리를 길게 이으면 걱정할 만하다.[24]
閱虛白於幽室,	깊은 방에서 비어 있고 순수한 것을 보고,[25]
種靈丹於良疇.[26]	좋은 밭에 불로장생의 단약을 심으리라.
幻知捕影,	환상은 그림자를 잡는 것임을 알겠고,[27]

21 『장자·외물(外物)』, "혜자가 장자에게 말하였다. '그대의 말은 쓸모가 없소.' 장자가 말하였다. '쓸모가 없음을 알아야 비로소 쓸모를 말할 수 있소. 천지가 넓고 크지 않은 것은 아니지만 사람이 쓸모로 하는 것은 발을 딛는 곳일 뿐이오. 그렇다면, 발 옆으로 파내어 황천에까지 이르게 한다면, 사람들은 그래도 (발을 딛는 곳만이) 쓸모가 있겠소?'(惠子謂莊子曰. 子言無用. 莊子曰. 知無用, 而始可與言用矣. 天地非不廣且大也, 人之所用, 容足耳. 然則, 厠足而墊之致黃泉, 人尙有用乎?)"

22 『장자·서무귀(徐無鬼)』, "크게 갖추어짐을 아는 자는 구하는 바가 없고 잃는 바도 없으며, 버리는 바가 없고 외물 때문에 자기의 본성을 바꾸지도 않는다.(知大備者, 無求, 無失, 無棄, 不以物易己也.)"

23 『장자·제물론(齊物論)』, "전에 장주가 꿈에 나비가 되었는데, 기분 좋게 나는 나비였다. 스스로 즐겁게 마음에 맞아, (자신이) 장주임을 알지 못하였다.(昔者莊周夢爲胡蝶, 栩栩然胡蝶也. 自喩適志與, 不知周也.)"

24 『장자·변무(騈拇)』, "물오리의 다리가 비록 짧지만 그것을 (길게) 이으면 걱정하고, 학의 다리가 비록 길지만 그것을 (짧게) 자르면 슬퍼한다.(鳧脛雖短, 續之則憂, 鶴脛雖長, 斷之則悲.)"

25 『장자·인간세(人間世)』, "저 비어 있는 것을 보니, 빈 곳에서 순수함이 나와 상서로움이 머문다.(瞻彼闋者, 虛室生白, 吉祥止止.)"

26 양주(良疇): 단전(丹田)을 가리킨다.

27 『회남자·설림훈(說林訓)』, "코끼리 고기의 맛은 입으로는 모르고 귀신의 모습은 눈에는 나타나지 않으며, 그림자를 잡는다는 이야기는 마음에 나타나지 않는다.(象肉之味, 不知於口, 鬼神之貌, 不著於目, 捕景之說, 不形於心.)"

癡謝刻舟.	어리석어도 뱃전에 표시함[28]을 거절한다.
保不材於櫟社,	사당에 심어진 상수리나무에서 재목감이 못 되는 생명을 보전하고[29]
安深穴於神丘.	사직단의 신단에서 판 깊은 구멍을 편안히 여기네.[30]
功名須待命,	공적과 명성은 천명을 기다려야 하니.
遲暮宜歸休.	늘그막에는 돌아가 쉬어야 하리.
任浮雲之無迹,	자취 없는 뜬구름이 가는 대로 맡기고.
若枯槎之泛流.	물에 떠가는 마른 나뭇가지와 같으리라.

已矣乎.	그만두자.
天地盈虛自有時.	천지가 차고 비는 것이 저절로 때가 있네.
行身甘作賈胡[31]留,	처신을 기꺼이 고호가 (귀중품을) 보관하듯이 하겠으며,

28 『여씨춘추·찰금(察今)』, "초나라 사람으로 강을 건너는 자가 있었다. 그의 칼이 배 안에서 물속으로 떨어지자 서둘러 뱃전을 깎아 표시하면서 말하기를, '이곳이 내 칼이 떨어진 곳이다.'라고 하였다. 배가 멈추자 깎아 표시한 곳에서 물속으로 들어가 칼을 찾았다. 배는 이미 움직였고 칼은 그대로 있었으니 칼을 찾는 것이 이와 같다면 정말로 어리석지 않은가.(楚人有涉江者. 其劍自舟中墜於水, 遽契其舟曰, 是吾劍之所從墜. 舟止, 從其所契者入水求之. 舟已行矣, 而劍不行, 求劍若此, 不亦惑乎.)

29 『장자·인간세(人間世)』, "이것은 재목감이 못 되는 나무이다. 쓸 만한 데가 없어서 이와 같은 수명을 누릴 수 있었던 것이다.(是不材之木. 无所可用, 故能若是之壽.)"

30 『장자·응제왕(應帝王)』, "생쥐는 사직신의 제단 아래에 구멍을 깊이 파서, 연기를 지피거나 파헤쳐지는 화를 피한다.(鼷鼠深穴乎神丘之下, 以避熏鑿之患.)"

31 고호(賈胡): 장사하는 호인(胡人)을 가리킨다. 뒤에 외국 상인에 대한 범칭으로 사용되었다. 『자치통감(資治通鑒)·당기(唐紀)8』에, "서역 상인이 아름다운 진주를 얻고는 몸을 갈라서 감췄다.(西域賈胡得美珠, 剖身以藏之.)"라고 하였다.

遑遑接淅欲安之.	서두르며 일었던 쌀을 건져서 어디로 가려는가.[32]
風斤思郢質,	바람이 이는 도끼에 영(郢)의 상대가 생각나고,[33]
流水憶鍾期.	흐르는 물에 종자기가 그립네.[34]
尿死灰[35]兮奚暖,	꺼진 재에 오줌 눈다고 어찌 따뜻해질 것이며,
播焦穀兮何耔.	타버린 곡식을 뿌린들 어찌 싹을 키울 수 있겠는가.

32 『맹자·만장하(萬章下)』, "공자가 제나라를 떠날 적에, 일었던 쌀을 건져서 떠났다.(孔子之去齊, 接淅而行.)"

33 『장자·서무귀(徐無鬼)』, "(초나라 수도인) 영 사람이 코끝에 흰 흙이 묻어 있었는데, (얇기가) 파리 날개와 같았다. 목수 석에게 그것을 떼어내게 하자 목수 석이 도끼를 휘두르는데 바람이 일었지만 맡겨두고 그것을 떼어내게 하였다. 흰 흙을 다 떼어냈지만 코는 다치지 않았고 영 사람은 선 채로 얼굴색도 변하지 않았다. 송나라 원군(元君)이 이 말을 듣고 목수 석을 불러서 말하기를, '시험삼아 과인에게 그것을 해보아라.'라고 하자 목수 석이 말하였다. '제가 전에는 그것을 떼어낼 수 있었습니다. 비록 그랬지만 저의 상대는 죽은 지 오래되었습니다.'(郢人堊漫其鼻端, 若蠅翼. 使匠石斲之, 匠石運斤成風, 聽而斲之. 盡堊而鼻不傷, 郢人立不失容. 宋元君聞之, 召匠石曰, 嘗試爲寡人爲之. 匠石曰. 臣則嘗能斲之. 雖然臣之質, 死久矣.)"

34 춘추시대 초(楚)나라의 나무꾼이었던 종자기(鍾子期)가 한강(漢江)에서 거문고를 타던 백아(伯牙)의 연주를 듣고 그 마음까지 이해했던 이야기이다. 『열자·탕문(湯問)』에, "백아는 거문고를 잘 탔고 종자기는 듣기를 잘했다. 백아가 거문고를 타면서 뜻이 높은 산에 오르는 데에 있으면 종자기는 '훌륭하다. 드높아서 태산과 같구나.'라 하였고, 뜻이 흐르는 물에 있으면 종자기는 '훌륭하다. 드넓어서 강하와 같구나.'라고 하였으니, 백아가 생각하는 바를 종자기는 반드시 알았다.(伯牙善鼓琴, 鍾子期善聽. 伯牙鼓琴, 志在登高山, 鍾子期曰, 善哉. 峩峩兮若泰山. 志在流水, 鍾子期曰, 善哉. 洋洋兮若江河. 伯牙所念, 鍾子期必得之.)"라고 하였다.

35 사회(死灰): 불 꺼진 뒤의 차디찬 재라는 뜻에서, 지인(至人)의 무사무려(無思無慮)의 경지를 묘사한 것이다. 『장자·지북유(知北遊)』에, "몸은 마치 마른 해골과 같고, 마음은 마치 불 꺼진 재와 같구나. 진정 그는 제대로 알아 고정관념으로 스스로를 얽지 않는다.(形若槁骸, 心若死灰. 眞其實知, 不以故自持.)"라고 하였다.

第寬心於飮酒,	다만 술 마시는 것으로 회포를 풀고
聊遣興於作詩.	그저 시를 짓는 것으로 흥을 돋우리라.
望紅塵而縮頭,	속세를 바라보면 고개가 움츠러드니,
人心對面眞九疑.[36]	사람의 마음은 얼굴을 마주해도 진정 알 수 없구나.

36 구의(九疑): 이것인지 저것인지 알 수 없음을 비유하는 말이다. 중국 호남성 영원현(寧遠縣) 남쪽에 있는 '구의산(九疑山)'은 아홉 봉우리가 모두 모양이 비슷하여 분간할 수 없기 때문에 붙여진 이름이다.

「독귀거래사(讀歸去來辭)」

고려(高麗) 이색(李穡, 1328~1396)[1]

❖— 해제

이색이 조선 개국 후에 은거하면서 지은 시이다. 도연명의 「귀거래사」 마지막 연을 그대로 끌어다 시의 첫 구로 쓰고 있음은 도연명의 「귀거래사」의 뜻을 계승하고자 하는 상징적 표현으로 이해된다. 마지막 구절에서, '문 닫고 그저 「귀거래사」를 읽는다.'라고 하여 첫 구절에서 밝힌 '저 천명을 즐기니 다시 무엇을 의심하리오'라는 달관을 배우고자 하는 노년의 지향을 밝히고 있다. 시구 중에 '산하개(山河改)'로 왕조 교체를 의미하고, '문항요료(門巷寥寥)'로 망국지민(亡國之民)으로서의 고독한 신세를 의미하고, '일월지(日月遲)'로 자신의 노년을 의미하고 있다.

---

1 이색(李穡): 고려(高麗) 말기의 문신이자 학자로, 삼은(三隱)의 한 사람이다. 자는 영숙(穎叔), 호는 목은(牧隱), 시호는 문정(文靖)으로 이곡(李穀)의 아들이다. 충목왕(忠穆王) 4년(1348)에 원나라에 가서 국자감의 생원이 되었다. 원나라에서 응봉한림문자승사랑동지제고겸국사원편수관(應奉翰林文字承事郎同知制誥兼國史院編修官)을 지냈고 귀국하여 이부시랑(吏部侍郎), 지예부사(知禮部事), 판개성부사(判開城府事) 등을 역임하였다. 문하에 권근(權近), 변계량(卞季良) 등 많은 제자를 배출하였다.

❖ — **역주**

樂夫天命復奚疑,	‘저 천명을 즐김에 다시 무엇을 의심하리오’라는 구절은,
此老悠然歸去時.	이 노인이 느긋하게 돌아갈 때 했던 말이지.
一點何曾恨枯槁,	조금이라도 어찌 고단한 삶을 한탄한 적 있었는가,
我今三嘆杜陵詩.	나는 지금 두보의 시를 거듭 탄식한다.[2]
乾坤蕩蕩山河改,	천지는 드넓은데 산하는 바뀌어,
門巷寥寥日月遲.	문 앞과 골목은 쓸쓸하고 세월은 갔구나.
長嘯白頭吾已矣,	흰머리 되어 길게 읊조리니 나도 이젠 끝이련가,
閉門空讀去來辭.	문 닫고 그저 「귀거래혜사」를 읽는다.

2 이색은 두보가 「견흥(遣興)」 제3수에서 도연명을 평하여, “그가 지은 시집을 보면, 꽤나 곤궁을 한탄하였다.(觀其著詩集, 頗亦恨枯槁.)”라고 한 말을 반박하면서, 도연명의 궁달에 대한 초월의 경지를 인정한 것이다.

4

복숭아꽃이 핀 수원(水源)의 기문

「도화원기(桃花源記)」

❖ — 해제

421년[1] 도연명의 나이 57세에 지은 작품이다. 동진(東晉) 왕조가 송(宋)으로 교체되고 동진의 마지막 군주인 공제(恭帝)가 시해된 후 현실에 대한 절망과 이상향에 대한 동경이 복합되어 나온 걸작으로, 「도화원시(桃花源詩)」와 함께 지어졌다.

노자와 장자가 추구한 '소국과민(小國寡民)'의 이상 세계를 바탕으로 하고 오랜 농촌 생활 가운데서 얻은 자신의 경험과 느낌을 살려서 그려낸 도화원은, 이후 동양적 유토피아의 전형(典型)이 되었다.

❖ — 역주

晉太元[2]中,	진나라 태원 연간에
武陵[3]人捕魚爲業,	무릉 사람이 고기를 잡아 생활하였는데
緣溪行,	시내를 따라 올라가다가
忘路之遠近.	길을 얼마나 왔는지 잊어버렸다.

1 송 무제(武帝) 영초(永初) 2년이다.

2 태원(太元): 동진 효무제(孝武帝)의 연호(376~396)이다.

3 무릉(武陵): 군(郡)의 이름으로, 지금의 호남성 상덕현(常德縣) 지역이다.

忽逢桃花林,	홀연 복숭아나무 숲을 만났는데
夾岸數百步.	언덕을 끼고 수백 보에 달했다.
中無雜樹,	그 가운데 다른 나무는 없고
芳草鮮美,	향기로운 풀이 아름답고
落英繽紛.	떨어지는 꽃들이 흩날렸다.
漁人甚異之,	어부가 매우 이상하게 여겨
復前行,	다시 앞으로 가면서
欲窮其林.	숲이 끝나는 데까지 가보려고 하였다.
林盡水源,	숲은 물이 발원하는 곳에서 끝났는데
便得一山,	바로 산이 하나 있고
山有小口,	산에 작은 구멍이 있어
髣髴若有光.	마치 빛이 있는 것 같았다.
便捨船從口入,	바로 배에서 내려 입구를 따라 들어가니
初極狹,	처음에는 매우 좁아
纔通人.	겨우 사람이 지나갈 정도였다.
復行數十步,	다시 수십 보를 가니
豁然開朗,	훤하게 트여 밝아지는데
土地平曠,	땅은 평평하고 드넓으며
屋舍儼然.[4]	집들이 가지런하였다.
有良田·美池·桑竹之屬,	좋은 밭, 아름다운 연못, 뽕나무와 대나무 등이 있고

4 엄연(儼然): 질서정연한 모양이다.

阡陌交通,	논밭길이 이리저리 통해 있으며
鷄犬相聞.	닭 우는 소리와 개 짖는 소리가 함께 들려왔다.
其中往來種作,	그 가운데서 오가며 농사를 짓는데
男女衣著,[5]	남녀의 복장은
悉如外人.	모두 바깥사람들과 같았다.
黃髮[6]垂髫,[7]	노인들과 아이들은
並怡然自樂,	모두 편안하게 스스로 즐기는데
見漁人,	어부를 보고
乃大驚,	크게 놀라
問所從來.	어디에서 왔는지를 물었다.
具答之,	자세히 대답해 주니
便要還家,	곧 집에 가자고 청하여
設酒殺鷄作食.	술자리를 마련하여 닭을 잡고 밥을 지어 주었다.
村中聞有此人,	마을에서 이런 사람이 있다는 말을 듣고
咸來問訊.	모두들 와서 (바깥소식을) 물었다.
自云,	그들이 말하기를,
先世避秦時亂,	"선대에 진(秦)나라 때의 난리를 피해
率妻子邑人,	처자식과 마을 사람들을 데리고
來此絶境,	이 외진 곳에 왔고

5 의착(衣著): 옷, 복장의 뜻이다.

6 황발(黃髮): 나이가 아주 많은 노인을 가리킨다.

7 수초(垂髫): 아이들의 땋아 늘어뜨린 머리라는 뜻에서 어린아이를 가리킨다. '수발(垂髮)'이라고도 한다.

不復出焉,	다시 세상에 나가지 않아
遂與外人間隔.	마침내 외부 사람들과 떨어지게 되었습니다." 라고 하면서
問今是何世,	지금이 어떤 시대인가를 묻는데,
乃不知有[8]漢,	한(漢)나라도 모르니
無論魏晉.	위(魏)와 진(晉)은 말할 것도 없었다.
此人一一爲具言所聞,	이 사람이 일일이 그들에게 아는 것을 자세히 말해 주니
皆歎惋.	모두 탄식하며 놀랐다.
餘人各復延至其家,	다른 사람들도 각자 다시 자기 집으로 맞이하여
皆出酒食.	모두 술과 밥을 내놓았다.
停數日,	며칠을 머물다
辭去,	하직하고 떠나는데
此中人語云,	이 가운데 한 사람이 말하기를,
不足爲外人道也.	"외부 사람들에게 족히 말할 게 못 됩니다."라고 하였다.
旣出,	나온 뒤에
得其船,	자기 배를 찾고
便扶向路,	곧 전에 왔던 길을 따라가며
處處誌之.	곳곳마다 표시를 해놓았다.
及郡下,[9]	군의 성내에 이르러

8 유(有) : 어조사이다.

9 군하(郡下): 군(郡)의 치소(治所)를 가리킨다.

詣太守說如此,	태수를 찾아가 이와 같은 일을 말하니
太守卽遣人隨其往.	태수가 즉시 사람을 시켜 그가 갔던 곳을 따르게 하였다.
尋向所誌,	전에 표시해 놓은 곳을 찾았으나
遂迷不復得路.	결국은 헤매다가 더 이상 길을 찾을 수 없었다.

南陽劉子驥,[10]	남양의 유자기는
高尙士也.	고상한 선비였다.
問之,	이 말을 듣고
欣然規往,	기꺼이 찾아갈 것을 계획하였지만
未果,	실행하지 못한 채
尋病終,	얼마 후 병들어 죽었고
後遂無問津者.	그 후에는 마침내 길을 묻는 사람이 없었다.

---

10 유자기(劉子驥): 동진 태원(太元) 시기의 저명한 은사인 유인지(劉驎之)로 자가 자기(子驥)이다.

「도화원시(桃花源詩)」

도연명(陶淵明)

❖— 해제

이 작품은 도연명이 「도화원기」의 이상(理想)을 시로 표현한 것이다. 압박과 전란이 없는 곳에서 편안히 생업에 종사하고자 하는 농민들의 바람과 이상을 형상화시킨 작품이다.

❖— 역주

嬴氏[1]亂天紀,	진시황이 하늘의 법도를 어지럽혀,
賢者避其世.	현자들이 세상을 피했다.
黃綺[2]之商山,	하황공과 기리계는 상산으로 갔고,
伊人亦云逝.	이 사람들도 역시 떠났다.
往跡浸復湮,	떠난 자취는 점차 다시 사라졌고,
來逕遂蕪廢.	왔던 길도 마침내 거칠어져 없어졌네.
相命肆農耕,	서로 알려서 농사에 힘쓰고,[3]

1 영씨(嬴氏): 진시황의 성이 영(嬴)이라서 진시황을 가리킨다. 이름은 정(政)이다.

2 황기(黃綺): 진시황 시기에 포악한 정치와 세상의 혼란을 보고 상산(商山)에 은거했던 네 노인[상산사호(商山四皓): 동원공(東園公), 하황공(夏黃公), 기리계(綺里季), 녹리선생(角里先生)] 가운데 두 사람을 가리킨 것이다.

日入從所憩. 해 지면 쉴 곳으로 돌아간다.
桑竹垂餘蔭, 뽕과 대나무는 넉넉한 그늘을 드리우고,
菽稷隨時藝. 콩과 기장은 때에 맞춰 심는다.
春蠶收長絲, 봄누에 쳐서 긴 명주실 거두고,
秋熟靡王稅. 가을에 벼 익어도 세금이 없다.
荒路曖交通, 거친 길은 왕래를 막고,
鷄犬互鳴吠. 닭과 개는 교대로 울고 짖는다.
俎豆猶古法, 제사 그릇은 아직도 옛 법도대로이고,
衣裳無新製. 입은 옷도 새로운 제작이 없다.
童孺縱行歌, 아이들은 마음대로 나다니며 노래 부르고,
斑白歡游詣. 노인들은 찾아가는 이를 환영한다.
草榮識節和, 풀이 꽃 피면 계절이 온화해진 것을 알고,
木衰知風厲. 나무가 시들면 바람이 매서워진 것을 안다.
雖無紀曆志, 비록 달력의 기록은 없지만,
四時自成歲. 네 계절이 저절로 한 해를 이루어 간다.
怡然有餘樂, 기쁘게 많은 즐거움이 있으니,
于何勞智慧. 어디에 지혜를 쓰리오.
奇蹤隱五百, 기이한 자취가 5백 년 동안 숨겨져 있다가,
一朝敞神界. 하루아침에 신령한 세상이 드러났네.
淳薄既異源, 순후함과 각박함이 근원을 달리하니,

3 「귀거래혜사(歸去來兮辭)」에서, "농부가 내게 봄이 왔다고 알리니 장차 서쪽 밭에 일이 있겠구나.(農人告余以春及, 將有事於西疇.)"라고 한 의경이다.

旋復還幽蔽.	곧바로 다시 감추어졌네.
借問游方士,	묻노니 세속에 머무는 이들이여,
焉測塵囂外.	어찌 시끄러운 속세의 바깥을 헤아릴 수 있겠소.
願言[4]躡輕風,	바라건대 가벼운 바람 타고서,
高擧尋吾契.	높이 날아 나와 뜻 맞는 이 찾으리.

4 언(言): 어조사이다.

「도원행(桃源行)」

북송(北宋) 왕안석(王安石)[1]

❖— 해제

도연명이 「도화원기」를 쓴 이후로 많은 사람들이 도화원의 고사(故事)를 시문으로 남겼다. 대표적인 작품으로 왕유의 「도원행(桃源行)」, 한유의 「도원도(桃源圖)」, 왕안석의 「도원행(桃源行)」 등이 있다. 왕안석은 그의 시에서 도화원을 신선 세계가 아닌, 아들 손자를 낳아 대를 이어 살면서 혼란에 고통받지 않는 이상적 생활 터전으로 그리고 있다.

❖— 역주

望夷宮中鹿爲馬,	망이궁 안에서 사슴은 말이 되었고,[2]
秦人半死長城下.	진나라 사람들은 장성 쌓다가 반은 죽었다.
避時不獨商山翁,[3]	혼란한 때를 피했던 이들이 상산의 노인들만이

1 왕안석(王安石): 북송(北宋) 무주(撫州) 출신으로 자가 개보(介甫)이다. 신법당의 영수로 재상을 역임하였으며 신법(新法)을 시행하였다. 처음에 서국공(舒國公)에 봉해졌다가 다시 형국공(荊國公)에 봉해졌다.

2 진(秦)나라 조고(趙高)의 고사인 '지록위마(指鹿爲馬)'를 언급한 것이다.

3 상산옹(商山翁): 진시황 시기에 포악한 정치와 세상의 혼란을 보고 상산(商山)에 은거했던 네 노인으로, 동원공(東園公), 하황공(夏黃公), 기리계(綺里季), 녹리선생(角里先生)이다.

	아니었으니,
亦有桃源種桃者.	또한 도화원에서 복숭아 심던 이들도 있었다.
此來種桃經幾春,	이후로 복숭아 심은 지 몇 해가 흘렀을까,
採花食實枝爲薪.	꽃 따고 열매 먹으며 가지는 땔감으로 한다.
兒孫生長與世隔,	아들 손자 낳고 기르며 세상과 격리되었으니
雖有父子無君臣.	비록 아버지와 아들은 있지만 임금과 신하는 없다.
漁郎漾舟無遠近,	어부가 배 띄워 원근을 모르고 헤매다가,
花間相見因相問.	꽃 사이에서 서로 만나 세상 소식 묻는다.
世上那知古有秦,	세상에서 옛날에 진(秦)나라 있었던 것도 모르니,
山中豈料今爲晉.	산중에서 어찌 지금이 진(晉)나라임을 알리오.[4]
聞道長安吹戰塵,	도성에 전쟁 먼지 인다는 소식 듣고는,
春風回首一霑巾.	봄바람에 머리 돌리며 눈시울을 적신다.
重華[5]一去寧復得,	순임금 한번 가니 어찌 다시 만나리오,
天下紛紛經幾秦.	천하는 어지러이 몇 번의 진(秦)나라를 겪었던가.

4 「도화원기(桃花源記)」에서, "지금이 어떤 시대인가를 묻는데, 한(漢)나라도 모르니 위(魏)와 진(晉)은 말할 것도 없었다.(問今是何世, 乃不知有漢, 無論魏晉.)"라고 한 내용이다.

5 중화(重華): 순임금에 대한 미칭이다.

「도원가(桃源歌)」

고려(高麗) 진화(陳澕, 생몰년 미상)[1]

❖— 해제

도연명의 「도화원기」에 근거하여 고려 시대 중반기의 당시 사회상을 풍자적으로 그려 낸 시이다. 이 시의 전반부는 「도화원기」에 나오는 무릉도원을 묘사하고 있으나 후반부에서는 세금을 수탈하는 아전과 핍박받는 백성들을 대비하여 읊고 있다. 당시의 시대 상황을 고발함으로써 시의 풍자 기능을 발휘하고 있다.

❖— 역주

丱角[2]森森東海之蒼煙,	동남동녀는 동해의 아득한 안개 속에 가물가물하고[3]
紫芝曄曄南山之翠巓.	자줏빛 지초는 남산의 푸른 봉우리에서 빛난다.[4]
等是當時避秦處,	이와 같은 시기에 진나라를 피할 곳은,
桃源最號爲神仙.	도화원을 으뜸으로 불러 신선 세계라 하였네.

---

1 진화(陳澕): 고려 신종(神宗, 1197~1204 재위), 희종(熙宗, 1204~1211 재위) 시기의 문인으로, 호는 매호(梅湖)이다. 지제고(知制誥), 정언(正言), 보궐(補闕) 등을 역임하고 지공주사(知公州事)를 지내다가 재직중에 죽었다. 저서에 『매호유고(梅湖遺稿)』가 있다.

2 관각(丱角): 머리를 두 개의 뿔 모양으로 묶은 어린아이를 가리킨다.

溪流盡處山作口, 계곡 물 다한 곳에서 산에 입구가 나 있는데,

土膏水軟多良田. 땅은 기름지고 물은 부드러워 좋은 밭이 많았다.

紅尨吠雲白日晩, 붉은 삽살개는 구름 보고 짖어 대고 해는 지는데,

落花滿地春風轉. 떨어진 꽃잎은 땅에 가득한 채 봄바람에 구르네.

鄕心斗斷種桃後, 복숭아 심은 뒤에 고향 생각 끊어졌고,

世事只說焚書[5]前. 세상사는 진(秦)나라 이전을 말할 뿐이다.

坐[6]看草樹知寒暑, 풀과 나무를 보고서 추위와 더위를 알고,

笑領童孩忘先後. 웃으며 아이들 데리고 앞서거니 뒤서거니.

漁人一見卽回棹, 어부가 한번 보고서 곧 배를 돌리니

煙波萬古空蒼然. 안개 낀 물결은 만고에 그저 아득할 뿐이다.

---

3 진시황(秦始皇)이 삼신산(三神山)에서 불로초를 얻고자 서복(徐福)에게 동남동녀(童男童女) 5백 명을 데리고 바다로 보냈으나 서복은 돌아오지 않았다고 한다.[『사기·봉선서(封禪書)』, “진시황은 친히 해상으로 가려다가 삼신산에 도달하지 못할까 두려워, 사람을 시켜 동남동녀를 데리고 바다로 가서 찾도록 하였다.(始皇自以爲至海上, 而恐不及矣, 使人乃齎童男女入海求之.)”]

4 진시황 시기에 상산사호(商山四皓)가 「자지가(紫芝歌)」를 지어 포악한 정치와 혼란한 세상을 탄식하였으니 다음과 같다. “아득한 상산은 깊은 계곡이 구불구불하다. 빛나는 자줏빛 지초는 허기를 채울 만하다. 요순시대 멀어졌으니 우리는 장차 어디로 가야 하나. 네 마리 말이 끄는 높은 수레 탄 이들이여 그 근심이 매우 크다. 부귀하면서 남을 두려워하기보다는 가난하면서 내 뜻대로 사는 것이 나으리.(漠漠商山, 深谷逶迤. 曄曄紫芝, 可以療飢. 唐虞世遠, 吾將何歸. 駟馬高蓋, 其憂甚大. 富貴之畏人兮, 不若貧賤之肆志.)”

5 분서(焚書): 진시황이 이사(李斯)의 건의를 받아들여 서적을 불태운 사건을 말하는 데에서, 진시황 시대를 가리킨다.

6 좌(坐): ‘~로 인하여’, ‘~를 통하여’의 뜻이다.

君不見.	그대는 보지 못했는가.
江南村,	강남의 촌락에서
竹作戶花作藩.	대나무로 지게문을 만들고 꽃으로 울타리 만든 것을.
淸流涓涓[7]寒月漫,	맑은 물결이 졸졸 흐르니 찬 달이 어지럽고
碧樹寂寂幽禽喧.	푸른 나무는 고요한데 그윽한 소리로 새가 지저귄다.
所恨,	한스러운 것은
居民産業日零落,	백성들의 생업이 날로 쇠락해 가는데
縣吏索米長敲門.	고을 아전들은 세미 다그치려고 항상 문을 두드린다.
但無外事來相逼,	다만 찾아와 핍박하는 바깥일만 없다면
山村處處皆桃源.	산촌은 가는 곳마다 모두가 도화원일 텐데.
此詩有味君莫棄,	이 시는 의미가 있으니 그대는 버리지 말고
寫入郡譜傳兒孫.	고을의 문서에 적어 두어 자손들에게 전하라.

7 연연(涓涓): 졸졸 흐르는 모양이다.

5

진나라 정서대장군(征西大將軍)[1]의 장사(長史)[2]를 지낸, 돌아가신 맹부군(孟府君)[3] 전기

「진고정서대장군장사맹부군전(晋故征西大將軍長史孟府君傳)」

❖— 해제

이 글은 도연명이 돌아가신 외조부 맹가(孟嘉)를 위해 지은 전기이다. 맹가는 오랫동안 환온(桓溫)의 막료를 지내다가 마지막으로 장사(長史)를 지냈다. 도연명은 그에 대한 행적을 기록하면서 먼저 집안의 가계를 제시하고 이어 인품을 칭송하였다. 서술 내용은 그가 이룬 업적보다는 명사로서의 풍모 등에 관한 일화를 위주로 기록하고 있다. 도연명의 모친은 맹가의 넷째딸이었다.

❖— 역주

君諱嘉,	부군은 휘자가 가(嘉)이고

---

1 정서대장군(征西大將軍): 진(晉) 초국(譙國) 출신으로 형주자사(荊州刺史), 대사마(大司馬), 도독중외제군사(都督中外諸軍事) 등을 지낸 환온(桓溫)을 가리킨다. 후일 왕위를 찬탈하려다 당시 재상이었던 사안(謝安)에게 패하였다.

2 장사(長史): 한나라 이후로 승상부(丞相府)나 장군부(將軍府)에서 병마(兵馬)를 관장하던 벼슬 이름이다. 당나라 이후로는 주로 자사(刺史)의 속관이었다.

3 맹부군(孟府君): 도연명의 외조부인 맹가(孟嘉)로, 정서대장군 환온의 막하에서 장사를 지냈다. 부군(府君)은 고인(故人)에 대한 존칭이다. 이하의 번역에서 맹가에 대한 명칭을 부군으로 한다.

字萬年,	자가 만년(萬年)으로,
江夏[4]鄂人也.	강하 악(鄂) 출신이다.
曾祖父宗以孝行稱,	그의 증조부인 맹종(孟宗)은 효행으로 칭송받았으며,
仕吳司空.	오(吳)나라에서 사공을 지냈다.
祖父揖,	그의 조부인 맹읍(孟揖)은
元康[5]中爲廬陵太守.	원강 연간에 여릉태수를 지냈다.
宗葬武昌新陽縣,	맹종이 무창 신양현에 안장되면서
子孫家焉,	자손이 거기에 정착하게 되어
遂爲縣人也.	마침내 그 고을 사람이 되었다.

君少失父,	부군은 어려서 부친을 잃고
奉母二弟居.	모친을 봉양하면서 두 동생과 살았다.
娶大司馬長沙桓公陶侃[6]第十女,	대사마였던 장사(長沙)의 환공 도간의 열째 딸을 아내로 맞았는데,
閨門孝友,	집안에서 효성스럽고 우애로워
人無能間,	남들이 흠을 잡을 수 없었으니
鄕閭稱之.	고을에서 그녀를 칭찬했다.

4 강하(江夏): 군(郡) 이름으로 지금의 호북성 안륙(安陸) 지역이다.

5 원강(元康): 진(晉) 혜제(惠帝)의 연호(291~299)이다.

6 도간(陶侃): 도연명의 증조부로 자가 사행(士行)이며 동진(東晉) 여강(廬江) 출신이다. 형주자사(荊州刺史), 팔주제군사(八州諸軍事)를 역임하였다. 시호가 환(桓)이다.

沖默有遠量,
(부군은) 온화하고 과묵하였으며 원대한 도량을 지녀,

弱冠儔類咸敬之.
약관에도 동료들이 모두 그를 존경했다.

同郡郭遜,[7]
같은 고을의 곽손이

以淸操知名,
깨끗한 지조로 이름이 알려져

時在君右,
당시에 부군의 위에 있었는데

常歎君溫雅平曠,
항상 부군의 온화·고상함과 공평·관대함을 감탄하면서,

常自以爲不及.
항상 자신이 미치지 못한다고 여겼다.

遜從弟立,
곽손의 사촌동생인 곽입(郭立)도

亦有才志,
역시 재능과 의지가 있어

與君同時齊譽,
부군과 같은 시기에 명성을 나란히 했으나,

每推服焉.
매번 그를 받들며 따랐다.

由是名冠州里,
이로 인해 이름이 고을에 으뜸이었고

聲流京邑.
소문은 도성까지 퍼졌다.

太尉[8]潁川庾亮,[9]
태위인 영천(潁川)의 유양은

以帝舅民望.
황제의 외숙부로 백성들에게 명망이 있었다.

---

7 곽손(郭遜): 내력이 자세하지 않다.

8 태위(太尉): 주(周)나라의 사마(司馬) 벼슬이다. 진한(秦漢) 이래 군정(軍政)을 총괄하는 벼슬로, 대사마(大司馬)로 불리기도 하였다. 후에는 사도(司徒)·사공(司空)과 함께 삼공(三公)으로 불렸는데 태위가 서열이 가장 높았다.

9 유양(庾亮): 동진(東晉) 영천(潁川) 출신으로 자가 원규(元規)이다. 성제(成帝) 때 중서령(中書令), 정서장군(征西將軍) 등을 역임하였다.

受分陝[10]之重,	지방관의 중책을 맡아
鎭武昌,	무창을 다스리며,
幷領江州,	강주를 함께 관할하였는데,
辟君部廬陵從事.[11]	부군을 불러 여릉종사를 맡도록 하였다.
下郡還,	(임기를 마치고) 고을로 돌아갈 때
亮引見,	유양이 접견하고
問風俗得失.	풍속의 잘잘못에 대해 물었다.
對曰,	대답하기를,
嘉不知,	"저는 모르겠으니,
還傳[12]當問從吏.	객사에 돌아가 속관에게 물어보겠습니다."[13]라고 하자
亮以麈尾[14]掩口而笑.	유양이 주미로 입을 가리고 웃었다.
諸從事旣去,	여러 종사들이 간 뒤에
喚弟翼語之曰,	동생 유익(庾翼)[15]을 불러 말하기를,
孟嘉故是盛德人也.	"맹가는 본디 덕이 훌륭한 사람이다."라고 하였다.

10 분섬(分陝): 주(周)나라 초기에 주공(周公) 단(旦)이 섬(陝) 지방 동쪽을 다스리고, 소공(召公) 석(奭)이 섬(陝) 지방 서쪽을 다스린 데서 유래하여, 지방관을 가리키게 되었다.

11 종사(從事): 한(漢)나라 이후로 승상(丞相)이나 자사(刺史)·태수(太守) 등이 기용하여 잡무를 처리하게 하던 속관(屬官)이다.

12 전(傳): 전사(傳舍), 즉 역참(驛站)의 객사이다.

13 자신이 모셨던 여릉군(廬陵郡) 태수의 치적을 묻자 잘 모르겠다고 대답한 것이다.

14 주미(麈尾): 위진(魏晉) 시기 청담가(淸談家)들이 한담을 나눌 때 벌레를 쫓거나 먼지를 터는 도구였다. 당대(唐代)까지 사대부들 사이에서 유행하다가 송대(宋代) 이후 점차 사라졌다.

君旣辭出外,	부군이 작별한 뒤에 밖으로 나가,
自除吏名,	자신을 관리의 명단에서 지우고,
便步歸家,	곧장 걸어서 귀가하니.
母在堂,	어머니는 집에 계시고
兄弟共相歡樂,	형제가 함께 즐거워하여,
怡怡如也.	화목한 모습이었다.

旬有餘日,	십여 일 후에,
更版[16]爲勸學從事.	다시 권학종사에 임명되었다.
時亮崇修學校,	당시 유양은 학교를 세우고
高選儒官,	높은 기준으로 유학자 관리를 뽑았는데,
以君望實,	부군의 명망과 실력 때문에
故應尙德之擧.	덕을 숭상하는 선발에 부합했던 것이다.

太傅河南褚裒,[17]	태부(太傅)인 하남의 저포는
簡穆有器識.	소탈하고 차분하며 기량과 식견이 있었다.
時爲豫章太守,	당시에 예장태수였는데

15 유익(庾翼): 동진(東晉) 영천(潁川) 출신으로 자가 치공(稚恭)이다. 형주자사(荊州刺史)를 역임하였다.

16 판(版): '관직 명부'라는 뜻에서 관직을 임명하는 것을 가리킨다.

17 저포(褚裒): 진(晉) 하남(河南) 출신으로 자가 계야(季野), 봉호는 도향정후(都鄕亭侯)이다. 치감(郗鑒)을 따라 소준(蘇峻)의 난을 평정하였다. 서주(徐州) 및 연주(兗州)의 자사를 역임하였다. '포(褒)'는 『진서(晉書)·맹가전(孟嘉傳)』에는 '부(裒)'로 되어 있는데, '포(褒)'의 이체자이다.

出朝宗[18]亮.	(예장을) 나와 유양을 찾아뵈었다.
正旦大會,	정월 초하루의 대규모 모임에
州府人士,	고을 관아의 인사들이
率多時彦,	대부분 당시의 유명한 선비들이라서
君在坐次甚遠.	부군은 좌석의 차례에서 매우 멀었다.
褒問亮,	저포가 유양에게 묻기를,
江州有孟嘉,	"강주에 맹가가 있다는데,
其人何在?	그 사람이 어디에 있습니까?"라고 하자
亮云,	유양이 말하기를,
在坐,	"자리에 있으니
卿但自覓.	그대가 바로 직접 찾아보시지요."라고 하였다.
褒歷觀,	저포가 둘러보다가
遂指君謂亮曰,	마침내 부군을 가리키며 유양에게 말하기를,
將無是耶?	"아마 이 사람이 아닐까요?"라고 하자
亮欣然而笑.	유양이 좋아하며 웃었다.
喜褒之得君,	저포가 부군을 알아본 것을 기뻐하고
奇君爲褒之所得.	부군이 저포에게 식별된 것을 훌륭하게 여긴 것이다.
乃益器焉,	이에 더욱 그를 중시하여,
擧秀才.	수재로 등용하였다.

18 조종(朝宗): 부하가 상관을 찾아뵙는 일을 가리킨다.

又爲安西將軍庾翼府功曹,[19]

또 안서장군인 유익의 관아에서 공조를 지냈으며,

再爲江州別駕,[20] 다시 강주별가가 되었고

巴邱令, 파구령을 지냈으며,

征西大將軍譙國桓溫參軍.[21]

정서대장군인 초국 환온의 참군을 지냈다.

君色和而正, 부군은 안색이 온화하고 단정하여,

溫甚重之. 환온이 그를 매우 중시하였다.

九月九日, 9월 9일[중양절]에,

溫遊龍山, 환온이 용산에 나들이를 나갔는데

參佐畢集, 참모들이 모두 모이고,

四弟二甥咸在坐. 네 동생과 두 생질이 다 참석하였다.

時佐吏並著戎服, 당시에 참모들은 모두 군복을 입고 있었는데,

有風吹君帽墮落. 바람이 불어 부군의 모자가 떨어졌다.

溫目左右及賓客勿言, 환온은 측근들과 손님들에게 말하지 말도록 눈짓하고,

以觀其擧止. 그의 행동을 살폈다.

19 공조(功曹): 자사나 태수를 도와 문서를 관장하는 속관 이름이다. 한나라 때는 공조라 하였고 북제(北齊) 이후로는 공조참군(功曹參軍)이라고 하였다.

20 별가(別駕): 한대(漢代) 자사(刺史)를 보좌하던 관직이다. 수당(隋唐)의 장사(長史), 송(宋)의 통판(通判)에 해당한다.

21 참군(參軍): 한대(漢代) 이후로 왕부(王府)나 장수·사신·자사·태수 휘하에서 군무(軍務)를 참모하던 벼슬에 대한 통칭이다.

君初不自覺,	부군은 처음부터 알아채지 못하였고
良久如厠,	한참 뒤에 화장실에 가자,
溫命取以還之.	환온이 그것을 가져왔다가 돌려주도록 명했다.
廷尉[22]太原孫盛[23]爲諮議參軍,	
	정위인 태원의 손성이 자의참군으로 있으면서
時在坐,	당시 자리에 있었는데,
溫命紙筆,	환온이 지필을 가져오게 하여
令嘲之.	그를 놀리도록 했다.
文成示溫,	글이 완성되어 환온에게 보이니,
溫以著坐處.	환온은 그가 앉았던 곳에 그것을 두었다.
君歸,	부군이 돌아와,
見嘲笑,	놀린 내용을 보고는
而請筆作答.	붓을 청해 답을 작성하였다.
了不容思,	전혀 생각할 틈도 없었는데
文辭超卓,	문사가 뛰어나자
四座歎之.	자리에 있던 모든 이들이 감탄하였다.

奉使京師,	명을 받들어 도성에 심부름 갔을 때
除尙書刪定郞,[24]	상서성의 산정랑을 제수받았으나

22 정위(廷尉): 진대(秦代)에 둔 관직으로 형옥(刑獄)을 담당하였다. 한(漢) 경제(景帝) 시기에 명칭을 대리(大理)로 바꾸었다가 무제(武帝) 시기에 다시 정위로 환원하였다.

23 손성(孫盛): 동진(東晉) 중도(中都) 출신으로 자가 안국(安國)이다. 저작랑(著作郞), 비서감(秘書監) 등을 역임하였다.

不拜. 받들지 않았다.

孝宗穆皇帝[25]聞其名, 효종목황제가 그의 명성을 듣고,

賜見東堂,[26] 동당에서 만날 기회를 하사하였는데

君辭以脚疾不任拜起, 부군이 다리 병 때문에 절하고 일어서는 것을 감당할 수 없다고 사양하자

詔使人扶入. 조서를 내려 사람을 시켜 부축하여 들어오도록 하였다.

君嘗爲刺史謝永別駕,[27] 부군은 일찍이 자사 사영의 별가를 지냈는데.

永會稽人. 사영은 회계 사람이었다.

喪亡, 그가 죽자,

君求赴義,[28] 부군이 가서 조문하려고 나섰는데

路由永興. 길이 영흥을 경유하였다.

高陽許詢[29]有儁才, 고양의 허순이 뛰어난 재능을 지니고도,

辭榮不仕, 영화를 사양하여 벼슬하지 않고

每縱心獨往, 항상 마음 내키는 대로 홀로 다녔는데,

---

24 산정랑(刪定郎): 율령(律令)의 심의와 개정을 맡은 관원이다.

25 효종목황제(孝宗穆皇帝): 동진(東晉) 제5대 황제인 목제(穆帝)로 재위 기간은 344~361년이다. 묘호(廟號)가 효종(孝宗)이다.

26 동당(東堂): 진(晉)나라 궁궐의 정전(正殿) 이름이다.

27 별가(別駕): 한대(漢代) 이후 자사(刺史)를 보좌하던 관직이다. 수당(隋唐)의 장사(長史), 송(宋)의 통판(通判)에 해당한다.

28 부의(赴義): '도리를 위해 달려가다'의 뜻에서 '가서 조문하다'를 의미한다.

29 허순(許詢): 동진(東晉) 고양(高陽) 출신으로 자가 현도(玄度)이다. 문학가이자 은자로 왕희지(王羲之)의 난정(蘭庭) 모임에 참여했던 적이 있다.

客居縣界.	(영홍현의) 경내에서 객거하였다.
嘗乘船近行,	일찍이 배를 타고 부근을 가다가
適逢君過.	마침 지나는 부군과 만났다.
歎曰,	탄식하며 말하기를,
都邑美士,	"도읍의 훌륭한 선비는
吾盡識之,	내가 모두 아는데,
獨不識此人.	오직 이 사람만은 모르겠구나.
唯聞中州有孟嘉者,	중주에 맹가라는 이가 있다고 들었는데,
將非是乎?	아마 이 사람이 아닐까?
然亦何由來此?	그런데 또한 무슨 연유로 이곳에 왔는가?"라 하고
使問君之從者,	사람을 시켜 부군의 하인에게 물으니
君謂其使曰,	부군이 그 심부름꾼에게 말하기를,
本心相過,	"진심으로 찾아뵙고자 하나,
今先赴義,	지금은 먼저 가서 조문하고
尋還就君.	곧 돌아오면서 그분을 찾아뵙겠소."라고 하였다.
及歸,	귀로에 나서
遂止信宿.[30]	마침내 그곳에 이르러 이틀 밤을 지냈다.
雅相知得,	고상하게 서로를 알게 되니,
有若舊交.	마치 오래 사귄 친구와 같았다.

還至,	돌아와서,

30 신숙(信宿): 이틀 밤을 지내는 것을 '신(信)'이라 한다.

轉從事中郎,[31]	종사중랑으로 전보되었다가,
俄遷長史.	곧바로 장사(長史)로 옮겼다.
在朝隤然,[32]	조정에서는 유순하였고,
仗正順而已.	정도와 순리에 의지할 뿐이었다.
門無雜賓,	문에는 행실이 비루한 손님이 드나들지 않았고
嘗會神情獨得,	일찍이 마음에 홀로 득의함을 만나면,
便超然命駕,	바로 초연하게 가마를 준비시켜
逕[33]之龍山,	곧바로 용산으로 가서
顧景酣宴,	경치를 돌아보며 연회를 즐기다가
造夕乃歸.	저녁때가 되어서야 비로소 돌아왔다.
溫從容謂君曰,	환온이 조용히 부군에게 이르기를,
人不可無勢.	"사람은 위세가 없어서는 안 되오.
我乃能駕御卿.	내가 그래서 그대를 부릴 수 있는 것이오."라고 하였다.
後以疾終於家,	뒤에 집에서 병으로 죽었는데,
年五十一.	나이가 51세였다.
始自總髮,[34]	처음 머리를 묶었을 때부터,
至於知命,	천명을 알 때(50세)까지,

31 종사중랑(從事中郎): 위진남북조 시기에 역참에서 잡무를 보던 속관이다.

32 퇴연(隤然): 유순한 모양이다.

33 경(逕): '직(直)'의 뜻이다.

34 총발(總髮): '속발(束髮)'과 같은 뜻으로, 15세 이상의 성동(成童)을 가리킨다.

行不苟合,	행동은 구차하게 영합하지 않았고
言無夸矜,	말에는 자랑함이 없었으며,
未嘗有喜慍之容.	일찍이 기뻐하고 성내는 표정이 없었다.
好酣飮,	술 마시기를 좋아했지만,
逾多不亂,	지나치게 많이 마셔도 어지러워지지 않았고,
至於任懷得意,	심정에 맡긴 채 득의함에 이르면,
融然[35]遠寄,	고상하게 멀리 (마음을) 기탁하였으니
傍若無人.	곁에 사람이 없는 듯이 하였다.

溫嘗問君,	환온이 일찍이 부군에게 묻기를,
酒有何好,	"술에 무슨 좋은 점이 있어
而君嗜之?	그대는 그것을 좋아하는가?"라고 하자
君笑而答之.	부군이 웃으며 그에게 대답하였다.
明公[36]但不得酒中趣爾	"명공께서는 다만 술 속의 흥취를 얻지 못했을 따름입니다."
又問,	또 묻기를,
聽妓,	"기생의 노래를 들어보니
絲不如竹,	현악은 관악만 못하고
竹不如肉.	관악은 육성만 못하군요."라고 하자
答曰,	대답하기를,

35 융연(融然): 고상한 모양이다.

36 명공(明公): 명성과 지위가 있는 사람에 대한 존칭이다.

漸近自然.

"점점 자연에 가까워지기 때문입니다."[37]라고 하였다.

仲散大夫桂陽羅含[38]賦之曰,

중산대부인 계양의 나함이 시를 지어 이르기를,

孟生善酣,

"맹선생은 술을 잘 마셨으나

不忿其意.

그 뜻을 어그러뜨리지 않았다."라고 하였다.

光祿大夫南陽劉耽,[39]

광록대부인 남양의 유탐이

昔與君同在溫府.

이전에 부군과 함께 환온의 막부에 있었다.

淵明從父大常夔嘗問耽,

나의 숙부인 태상 도기(陶夔)께서 일찍이 유탐에게 묻기를,

君若在,

"부군이 만약 살아 계시다면

當已作公[40]不?

응당 벌써 삼공이 되셨겠지요?"라고 하자

答曰,

대답하기를,

---

37 사람의 육성이 인공적인 악기의 소리보다 뛰어난 것은 자연에 가깝기 때문이라는 설명이다.

38 나함(羅含): 동진(東晉) 계양(桂陽) 출신으로 자가 군장(君章)이다. 태수(太守), 정위(廷尉) 등을 역임하였는데, '강좌지재(江左之才)'의 칭송이 있었다.

39 유탐(劉耽): 동진(東晉) 남양(南陽) 출신으로 자가 경도(敬道)이다. 상서령(尙書令)을 지냈다.

40 공(公): 삼공(三公)을 말한다. 삼공은 세 명의 재상을 가리키는 말로 시대마다 명칭이 달랐다. 주나라 때는 태사(太師), 태부(太傅), 태보(太保)를, 진(秦)나라 때는 승상(丞相)·어사대부(御史大夫)·태위(太尉)를, 한나라 때는 승상(丞相), 대사마(大司馬), 어사대부(御史大夫)를 가리켰으며 후한 이후로는 태위(太尉), 사도(司徒), 사공(司空)을 가리켰다.

此本是三司人.	"그분은 본래 삼공이 될 분이었지요."라고 하였다.
爲時所重如此.	당시 사람들에게 중시된 것이 이와 같았다.

淵明先親,	나의 돌아가신 모친은
君之第四女也.	부군의 넷째 따님이다.
凱風寒泉[41]之思,	『시경 · 개풍』의 한천의 뜻이
實鍾厥心.	진실로 그 마음에 모였었다.

謹按採行事,	삼가 행하신 일을 조사하고 채집하여,
撰爲此傳.	이 전기를 지었다.
懼或乖謬,	혹 어긋나거나 잘못되어
有虧大雅君子之德,	높고 바른 군자의 덕을 훼손시킬까 염려되어,
所以戰戰兢兢,	두려워하고 조심하면서
若履深薄云爾.	깊은 연못을 대하고 얇은 얼음을 밟는[42] 듯한 심정이다.

贊曰.	찬미하는 글이다.
孔子稱,	공자가 일컫기를,
進德修業,	"덕을 향상시키고 학업을 닦는 것은,
以及時也.	때에 맞추어 일을 이루려는 것이다."[43]라고 하였다.

---

41 한천(寒泉): 『시경 · 패풍(邶風) · 개풍(凱風)』에 나오는 구절로 자식들의 효성을 읊은 내용이다.

42 『시경 · 소아(小雅) · 소민(小旻)』, "두려워하고 조심하여, 깊은 연못에 다가선 듯이 하고 얇은 얼음을 밟듯이 한다.(戰戰兢兢, 如臨深淵, 如履薄冰.)"

君淸蹈衡門,[44]	부군이 청렴하게 형문을 밟자
則令聞孔昭,	아름다운 소문이 크게 빛났고,
振纓[45]公朝,	조정에서 벼슬을 하자
則德音允集.	좋은 명성이 진실로 모여들었다.
道悠運促,	천도는 멀고 명운은 짧아
不終遠業.	원대한 사업을 끝맺지 못하였다.
惜哉!	애석하다!
仁者必壽,	어진 이는 반드시 장수한다는데[46]
豈斯言之謬乎.	아마도 이 말은 잘못이었나보다.

43 『주역·건괘(乾卦)·문언전(文言傳)』, "군자가 덕을 향상시키고 학업을 닦는 것은 때에 맞추어 일을 이루고자 함이다.(君子進德修業, 欲及時也.)"

44 형문(衡門): 나무 하나를 가로로 걸쳐 문을 대신한 집으로 가난한 은자(隱者)의 거처를 가리킨다. 『시경·진풍(陳風)·형문·(衡門)』에, "가로 막대 문 안에 머물며 쉴 수 있다. 샘물이 졸졸 흐르니 굶주림에도 즐길 수 있다.(衡門之下, 可以棲遲. 泌之洋洋, 可以樂飢.)"라고 하였다.

45 진영(振纓): '갓끈을 털다', 즉 조정에 나가 벼슬하는 것을 가리킨다.

46 『논어·옹야(雍也)』, "지혜로운 자는 즐겁고 어진 자는 장수한다.(知者樂, 仁者壽.)"

6

오류선생 전기

「오류선생전(五柳先生傳)」

❖— 해제

도연명이 자신의 본모습과 이상을 결합하여 제시한 자화상이라고 할 만한 글이다. 세속의 영달에 대한 초월과 현실적인 고난에 대한 달관을 검루에 비겨, "빈천에 근심하지 않고, 부귀에 급급하지 않았다.(不戚戚於貧賤, 不汲汲於富貴.)"라고 한 것이 이 글의 요지이다. 이런 이유로 글의 말미에서 보였듯이, 고대 전설상의 제왕들이 펼쳤던 태평성대를 사는 사람으로 자부하는 마음을 가질 수 있었다.

❖— 역주

先生不知何許[1]人也,	선생은 어디 사람인지 모르겠고,
亦不詳其姓字,	또한 그의 성과 자도 잘 모르겠으나,
宅邊有五柳樹,	집 가에 다섯 그루의 버드나무가 있어,
因以爲號焉.	그래서 그것으로 호를 삼았다.

閒靜少言,	고상하고 조용하여 말이 적었고,

1 하허(何許): '어느 곳', '어디'의 뜻으로 '하소(何所)'와 같다.

不慕榮利.	영리를 부러워하지 않았다.
好讀書,	책 읽기를 좋아했지만,
不求甚解.	지나치게 풀이하는 것을 추구하지 않았다.
每有會意,	매번 뜻을 깨닫는 경우가 있으면
便欣然忘食.	곧 기뻐하며 밥 먹는 것도 잊었다.[2]

性嗜酒,	본성이 술을 좋아했는데,
家貧不能常得.	집이 가난하여 항시 얻을 수는 없었다.
親舊知其如此,	친척과 친구들이 그가 이러함을 알고,
或置酒而招之.	간혹 술자리를 마련하여 그를 불렀다.
造飮輒盡,	가서 마시면 매번 다 마셨으니,
期在必醉.	기약은 반드시 취하는 데에 있었다.
旣醉而退,	취한 뒤에 물러날 때에는,
曾不吝情去留.[3]	일찍이 가는 것에 미련을 두지 않았다.[4]

環堵[5]蕭然,	사방 5장(丈)의 벽은 초라하여
不蔽風日,	바람과 햇볕을 가리지 못하고,
短褐穿結,	짧은 갈옷은 구멍나서 기웠으며,

2 「여자엄등소(與子儼等疏)」, "책을 펼쳐 보다가 터득하는 것이 있으면, 곧 기뻐하며 밥 먹는 것도 잊었다.(開卷有得, 便欣然忘食.)"

3 거류(去留): 편의복사(偏義複詞)로 '거(去)'에 뜻이 있다.

4 가고 싶을 때에는 언제든지 일어섰다는 말이다.

5 도(堵): 1도(堵)는 5판(版)이고, 1판은 1장(丈), 즉 10척이다.

簞瓢屢空,	밥 한 그릇과 물 한 바가지의 식사도 자주 걸렀지만
晏如也.	편안하였다.[6]
常著文章自娛,	늘 문장을 지어 스스로 즐기며,
頗示己志.	자못 자신의 뜻을 드러내었다.
忘懷得失,	득실에 대해서는 생각을 잊었으니,
以此自終.	이로써 스스로 생을 마쳤다.

贊曰.	찬미하는 글이다.
黔婁[7]有言,	검루에 관한 말이 있으니,
不戚戚於貧賤,	"빈천에 근심하지 않고,
不汲汲於富貴.	부귀에 급급하지 않았다."라고 하였는데,
其言玆若人之儔乎.	아마도 이 사람[오류선생]은 이런 사람[검루]의 무리임을 말한 것이리라.
酣觴賦詩,	술이 거나하면 시를 지어
以樂其志,	그 뜻을 즐겼으니,

6 『논어·옹야(雍也)』, "공자가 말씀하였다. '훌륭하구나 안회여. 밥 한 그릇과 물 한 바가지로 누추한 골목에 사는 것을 남들은 그 근심을 견뎌내지 못하는데 안회는 자신의 즐거움을 바꾸지 않으니 훌륭하구나 안회여.'(子曰. 賢哉回也. 一簞食, 一瓢飮, 在陋巷, 人不堪其憂, 回也, 不改其樂, 賢哉回也.)"

7 검루(黔婁): 춘추시대 노(魯)나라의 은사로 바른 도를 지키면서 가난하게 살았다. 그가 죽었을 때 그의 시체를 덮은 헝겊이 모자라 발이 드러났다. 증자가 조문하러 가서 이를 보고 헝겊을 비스듬히 하면 덮을 수 있겠다고 하자 검루의 아내가 말하기를, "비스듬히 하여 넉넉한 것보다 바르게 하여 모자라는 것이 낫습니다.(斜而有餘, 不如正而不足也.)"라고 하였다.[『열녀전·검루처(列女傳·黔婁妻)』]

無懷氏[8]之民歟?	무회씨의 백성인가?
葛天氏[9]之民歟?	갈천씨의 백성인가?

8 무회씨(無懷氏): 복희씨(伏羲氏) 이전 고대 전설상의 제왕으로, 태평성대를 이루었다고 한다.

9 갈천씨(葛天氏): 복희씨(伏羲氏) 이전 고대 전설상의 제왕이다. 말하지 않아도 백성들이 믿고 교화하지 않아도 백성들이 선을 행했다고 한다.

「방도공구택 병서(訪陶公舊宅幷序)」

당(唐) 백거이(白居易)[1]

❖ — 해제

당(唐) 원화(元和) 11년(816년), 백거이 45세에 도연명의 고택을 방문하고 지은 시이다. 「서문」에서, "지금 여산에 유람 왔다가 시상을 지나 율리를 방문하였다.(今遊廬山, 經柴桑, 過栗里.)"라고 한 데서, 당시 도연명의 고택은 율리에 있었음을 알 수 있다.

❖ — 역주

서문

余夙慕陶淵明爲人,	내가 일찍부터 도연명의 사람됨을 사모하여,
往歲渭上閑居,	옛날에 위수(渭水) 가에서 한가로이 지내며
嘗有效陶體詩十六首.	도연명의 시체(詩體)를 본뜬 16수의 시를 지은 적이 있었다.
今遊廬山,	지금 여산에 유람 왔다가

1 백거이(白居易): 당(唐) 화주(華州) 출신으로 자가 낙천(樂天)이다. 한림학사(翰林學士), 형부상서(刑部尙書), 강주사마(江州司馬), 항주자사(杭州刺史), 소주자사(蘇州刺史) 등을 역임하였다. 만년에는 낙양(洛陽)의 향산(香山)에 은거하여 시와 술로 소일하며 자호를 향산거사(香山居士)라고 하였다. 『백씨장경집(白氏長慶集)』이 있다.

經柴桑,	시상을 지나
過栗里.	율리를 방문하였다.
思其人,	그 사람을 그리워하며,
訪其宅,	그의 옛집을 찾으니
不能默默,	말이 없을 수 없어
又題此詩云.	또 이 시를 짓는다.

본문

垢塵不汚玉,	때와 먼지도 옥을 더럽히지 못하고,
靈凰不啄羶.	신령스러운 봉황은 비린 것을 먹지 않는다.
嗚呼陶靖節,	아아! 도정절선생은,
生彼晋宋間,	저 진(晋)나라와 송(宋)나라 시기에 살면서,
心實有所守,	마음속에 진실로 지키는 바 있었으나,
口終不能言.	입으로 끝내 말해 내지 못했다.
永惟孤竹子,	내내 고죽군의 두 아들 생각하였으니,
拂衣首陽山.	옷 떨치고 수양산으로 갔다지.
夷齊各一身,	백이와 숙제는 각기 다른 사람인데,
窮餓未爲難.	(똑같이) 곤궁과 배고픔을 어렵게 여기지 않았다.
先生有五男,	선생도 다섯 아들을 두었는데,
與之同飢寒.	그들과 함께 굶주리고 추웠지.
腸中食不充,	뱃속에는 먹은 것이 부족했고,
身上衣不完.	몸 위에는 입은 것이 허술했다.
連徵竟不起,	조정에서 계속 불러도 끝내 나서지 않았으니,

斯可爲眞賢.	이야말로 진정한 현자라고 할 만하다.
我生君之後,	내가 선생의 후대에 태어나,
相去五百年,	서로 떨어진 것이 오백 년이나 되지만,
每讀五柳傳,	매번 「오류선생전」을 볼 때마다,
目想心拳拳.[2]	눈으로 그리고 마음으로 사모한다.
昔嘗詠遺風,	옛날에 일찍이 그 유풍을 읊조려,
著爲十六篇,	16편의 시를 지었는데,
今來訪故宅,	이제 찾아와 옛집을 둘러보니,
森若君在前.	엄연히 선생이 눈앞에 계신 듯하다.
不慕樽有酒,	술동이에 술이 있던 것을 그리워하지 않고,
不慕琴無絃.	거문고에 줄이 없던 것을 그리워하지 않는다.
慕君遺榮利,	선생이 영달과 이익을 초월했던 것이 그리운데,
老死此丘園.	이곳의 언덕에 늙어서 잠드셨구나.
柴桑古村落,	시상의 오래 된 촌락과,
栗里舊山川,	율리의 옛 산천에,
不見籬下菊,	울 아래 국화는 보이지 않고,
但餘墟中煙.	다만 마을의 연기만 남아 있다.
子孫雖無聞,	후손에 대해서는 들어보지 못했지만,
族氏猶未遷.	같은 성씨는 아직도 살고 있다.
每逢姓陶人,	도씨 성을 가진 사람을 만날 때마다,
使我心依然.	나로 하여금 마음속에 그립게 하는구나.

2 권권(拳拳): 매우 사랑하는 모양이다.

7
사기를 읽고 나서 지은 9편

「독사술 9장(讀史述 九章)」

❖ — 해제

도연명이 사마천의 『사기(史記)』를 읽고 그 감회를 적은 것이다. 왕조가 바뀌는 시기에 지조를 견지했던 이들에 대한 내용을 앞에 배치하고 있어, 동진(東晉)이 멸망한 직후인 남조 송(宋) 영초(永初)[1] 연간에 지은 것으로 보인다.

구체적인 내용은 백이와 숙제, 기자, 관중과 포숙아, 정영(程嬰)과 공손저구(公孫杵臼), 72명의 공자 제자, 굴원과 가의, 한비자, 노나라의 두 선비, 장지(張摯)에 대한 논평이다.

❖ — 역주

서문

余讀史記,	내가 『사기』를 읽고
有所感而述之.	느낀 바가 있어 그것을 기술한다.

---

1 영초(永初) : 남조 송(宋) 무제(武帝)의 연호(420-422)이다.

본문

「이제(夷齊)[2]」	백이와 숙제
二子讓國,	두 사람은 나라를 양보하고,
相將海隅.	서로 부축하며 바닷가로 갔다.
天人革命,	하늘과 민심을 받들어 혁명할 때,[3]
絶景窮居.	모습을 감추고 궁벽하게 살았다.
采薇高歌,	고사리 뜯으며 큰소리로 노래하고,
慨想黃虞.	개탄하며 황제와 순임금 생각했다.
貞風凌俗,	곧은 기풍은 세속을 초월하였으니,
爰感懦夫.	이에 나약한 사람을 감동시켰구나.[4]

「기자(箕子)[5]」	기자
去鄉之感,	고향을 떠나는 감개에

---

2 이제(夷齊): 백이(伯夷)와 숙제(叔齊)로, 고죽국(孤竹國) 군주의 두 아들이다. 주(周나라) 무왕(武王)이 주왕(紂王)을 토벌한 것을 찬탈이라 여겨 「채미가(采薇歌)」를 지어 비판하였고, 함께 수양산에 들어가 고사리를 캐 먹다가 굶어 죽었다. 『사기·백이열전(伯夷列傳)』에 그 내용이 전한다.

3 『주역·혁괘(革卦)』, "탕임금과 무왕이 혁명하여 하늘을 따르고 민심에 호응하였다.(湯武革命, 順乎天而應乎人.)"

4 『맹자·만장하(萬章下)』, "백이의 유풍을 들으면 탐욕스런 자가 청렴해지고 나약한 자가 뜻을 세우게 된다.(聞伯夷之風者, 頑夫廉, 懦夫有立志.)"

5 기자(箕子): 은(殷)나라 마지막 임금인 주왕(紂王)의 숙부로 이름이 서여(胥餘)이다. 기국(箕國)에 봉해져 기자(箕子)라고 칭해지며, 비간(比干), 미자(微子)와 함께 삼인(三仁)으로 칭송된다. 주의 잘못을 간하다가 생명의 위협을 느껴 미친 체하였다고 한다. 『사기·은본기(殷本紀)』에 그 내용이 전한다.

猶有遲遲. 오히려 발걸음에 더뎠지.[6]

矧伊代謝, 하물며 왕조가 바뀌는 때에는

觸物皆非. 만나는 일마다 모두 잘못되었다.

哀哀箕子, 슬픈 기자여,

云胡能夷. 어떻게 평온할 수 있었겠는가.

狡童之歌,[7] 「교동지가」는

悽矣其悲. 그 슬픔이 처량하구나.

「**관포**(管鮑)[8]」 **관중**(管仲)**과 포숙아**(鮑叔牙)

知人未易, 사람을 알아보기 쉽지 않고,

相知實難. 서로 알아주는 것은 진실로 어렵다.

淡美初交, 담백하게 처음의 사귐을 잘해도,

---

6 『맹자·만장하(萬章下)』, "공자가 제나라를 떠날 적에 일어 놓았던 쌀을 건져서 떠났고, 노나라를 떠나면서, '더디구나, 나의 걸음이.'라고 했으니, 이는 고국을 떠나는 도리이다.(孔子之去齊, 接淅而行, 去魯, 曰遲遲, 吾行也. 去父母國之道也.)"

7 교동지가(狡童之歌): 기자가 지은 「맥수가(麥秀歌)」를 이르는 말이다. 『사기·송미자세가(宋微子世家)』에, "기자가 주(周)나라 왕을 알현하기 위하여 옛 은나라의 도읍지를 지나가다가, 궁실은 무너졌고 벼와 기장이 자라고 있는 것에 느낌이 일었다. 기자는 가슴이 아파 소리 내어 울고 싶었으나 그럴 수 없었고, 눈물을 흘리자니 아녀자에 가까워질 것 같아, 마침내 「맥수(麥秀)」라는 시를 지어 그것을 노래하였다. 그 시에, '보리는 싹이 나오고, 벼와 기장은 윤이 난다. 저 교활한 아이는 나와 사이좋지 않았지.'라고 하였는데, 이른바 교활한 아이는 주왕(紂王)이다.(箕子朝周, 過故殷虛, 感宮室毁壞, 生禾黍. 箕子傷之, 欲哭則不可, 欲泣爲其近婦人, 乃作麥秀之詩, 以歌詠之. 其詩曰, 麥秀漸漸兮, 禾黍油油. 彼狡僮兮, 不與我好兮. 所謂狡童者, 紂也.)"라고 한 기록이 있다.

8 관포(管鮑): 관중(管仲)과 포숙아(鮑叔牙)로, 『사기·관안열전(管晏列傳)』에 그 내용이 전한다.

利乖歲寒.	이욕으로 어려운 때에 어그러진다.[9]
管生稱心,	관중이 자기 좋을 대로 했어도,
鮑叔必安.	포숙아는 항상 편안하였다.
奇情雙亮,	특별한 우정은 두 사람 다 진실되었고,
令名俱完.	아름다운 명성은 모두가 완벽하였다.

「정저(程杵)[10]」	정영(程嬰)과 공손저구(公孫杵臼)
遺生良難,	목숨을 바치는 것은 참으로 어려운데
士爲知己.	선비는 자기를 알아주는 사람을 위해 죽는다.[11]
望義如歸,	의리로 향하기를 집에 돌아가듯 한 이들이,
允伊二子.	진실로 이 두 분이었네.
程生揮劍,	정영선생이 검을 휘둘러 죽은 것은
懼玆餘恥.	이렇게 남아 있는 부끄러움이 두려웠기 때문이지.
令德允聞,	아름다운 덕이 참되게 전해져
百代見紀.	백 세대토록 기억되리라.

9 『장자 · 산목(山木)』, "군자의 교제는 담백하여 물과 같고, 소인의 교제는 달콤하여 단술과 같다. 군자는 담백함으로 교제하기 때문에 가까워지고 소인은 달콤함으로 교제하기 때문에 끊어진다.(君子之交淡若水, 小人之交甘若醴, 君子淡以親, 小人甘以絶.)"

10 정저(程杵): 춘추시대 진(晉)나라의 정영(程嬰)과 공손저구(公孫杵臼)로, 멸문을 당한 재상 조삭(趙朔)을 위해 자신들의 목숨을 바쳐 그의 아들인 조무(趙武)를 보호하였고 결국 조(趙)씨의 후사를 잇도록 하였다. 정영(程嬰)은 조무가 후사를 잇자 자살하였다. 『사기 · 조세가(趙世家)』에 그 내용이 전한다.

11 『사기 · 자객열전(刺客列傳)』, "선비는 자기를 알아주는 사람을 위해서 죽고, 여자는 자기를 좋아하는 사람을 위해서 용모를 꾸민다.(士爲知己者死, 女爲說己者容.)"

「72제자(弟子)[12]」	72명의 공자 제자
恂恂[13]舞雩,[14]	공손히 무우에서 시종하던 이들은
莫曰匪賢.	현자가 아니라고 할 이가 없었네.
俱映日月,	모두 해와 달처럼 빛났으니
共飧至言.	함께 지극한 말씀을 들었지.
慟由才難,	애통[15]은 인재 얻기가 어려웠기 때문이었고[16]
感爲情牽.	감정은 (제자들에 대한) 애정에 이끌렸지.
回也早夭,	안회도 일찍 죽었고
賜獨長年.	자공(子貢)[17]만이 유독 장수했다네.

---

12 『사기·공자세가(孔子世家)』와 『사기·중니제자열전(仲尼弟子列傳)』에 나오는 공자의 72제자에 대한 평이다. 『사기·공자세가』에, "제자가 대략 3천 명이었는데, 몸소 육예(六藝)에 통달한 자가 72명이었다.(弟子蓋三千焉, 身通六藝者七十有二人.)"라고 하였다.

13 순순(恂恂): 온순한 모양이다.

14 무우(舞雩): 노(魯)나라에서 기우제를 지내던 곳이다. 『논어·선진(先進)』에, "(공자께서) '증점(曾點)아 너는 어떠하냐?'라고 묻자 … 대답하였다. '늦은 봄에 봄옷이 만들어지면 어른 5·6명, 어린이 6·7명과 함께 기수에서 목욕하고 무우에서 바람 쐬다가 노래하면서 돌아오겠습니다.'(點, 爾何如? … 曰. 莫春者, 春服旣成, 冠者五六人, 童子六七人, 浴乎沂, 風乎舞雩, 詠而歸.)"라고 하였다.

15 『논어·선진(先進)』, "안연이 죽자 공자가 곡하기를 너무 슬프게 하니 수행하던 자가 말하였다. '선생님께서는 너무 슬퍼하십니다.' 공자가 말씀하였다. '너무 슬퍼함이 있었느냐? 저 사람을 위해 너무 슬퍼하지 않고서 누구를 위해 그러겠는가.'(顏淵死, 子哭之慟, 從者曰. 子慟矣. 曰有慟乎? 非夫人之爲慟, 而誰爲.)"

16 『논어·태백(泰伯)』, "공자가 말씀하였다. '인재를 얻기가 어렵다고 하는데 정말로 그렇지 않은가.'(孔子曰. 才難, 不其然乎.)"

17 자공(子貢): 춘추시대 위(衛)나라 사람으로 성은 단목(端木)이고 이름이 사(賜)이며, 자가 자공(子貢)이다. 생졸년은 기원전 520년~대략 450년이다.

「굴가(屈賈)[18]」	굴원과 가의
進德修業,	덕을 향상시키고 학업을 닦는 것은,
將以及時.	장차 때에 맞추어 일을 이루려는 것이다.[19]
如彼稷[20]契,[21]	저 후직이나 설과 같은 이들을
孰不願之.	누가 바라지 않겠는가.
嗟乎二賢,	아아! 두 현자는
逢世多疑,	의심이 많은 세상을 만나
候[22]詹寫志,	(굴원은) 정첨윤(鄭詹尹)[23]에게 점을 쳐서 뜻을 드러내었고
感鵩獻辭.	(가의는) 부엉새에 느낌을 받아 「복조부(鵩鳥賦)」를 바쳤네.

18 굴가(屈賈): 굴원(屈原)과 가의(賈誼)이다. 굴원은 전국시대 초(楚)나라 사람인 굴평(屈平)으로, 자가 원(原)이고 호가 영균(靈均)이다. 회왕(懷王) 때 삼려대부(三閭大夫)를 지내다가 참소를 당하여 면직되고 「이소(離騷)」를 지었다. 가의(賈誼)는 전한(前漢) 낙양(洛陽) 사람이다. 어려서부터 재주가 뛰어나 20여 세에 문제(文帝)가 박사(博士)로 임명하였다. 태중대부(太中大夫)가 되어 정치 개혁을 주장하다가 권신인 주발(周勃) 등의 미움을 받아 장사왕(長沙王) 태부(太傅)로 좌천되었다. 이때의 심경을 쓴 글로 「복조부(鵩鳥賦)」, 「조굴원부(吊屈原賦)」 등이 있다. 『사기·굴원가생열전(屈原賈生列傳)』에 그 내용이 보인다.

19 『주역·건괘(乾卦)·문언전(文言傳)』, "군자가 덕을 향상시키고 학업을 닦는 것은 때에 미치고자 함이다.(君子進德修業, 欲及時也.)"

20 직(稷): 주(周)나라의 시조인 후직(后稷)으로 성은 희(姬), 이름은 기(棄)이다. 순임금을 섬기면서 사람들에게 농사를 가르쳐 그 공으로 후직(后稷)이라는 벼슬에 올랐다.

21 설(契): 순임금 시기에 사도(司徒)를 지냈고 상(商)에 봉해져 상나라의 시조가 되었다.

22 후(候): 점치다, 예측하다

23 정첨윤(鄭詹尹): 전국시대 초(楚)나라 사람으로, 태복(太僕)을 지냈다.

「한비(韓非)[24]」	한비자(韓非子)
豊狐隱穴,	큰 여우가 굴속에 숨더라도,
以文自殘.	아름다운 털 때문에 스스로를 죽게 한다.[25]
君子失時,	군자가 때를 잃었으면,
白首抱關.	흰머리로 관문이나 지킬 일이다.[26]
巧行居災,	교활한 행동은 재앙에 빠지고,
忮辨召患.	억지 주장은 화를 부른다.
哀矣韓生,	슬프구나 한비자여,
竟死說難.	결국 (자신이 말하던) 유세의 어려움에 죽었구나.

24 한비(韓非): 전국시대 한(韓)나라 출신으로 이사(李斯)와 함께 순자(荀子)에게서 배운 뒤 법가(法家)를 집대성하였다. 진나라 시황제(始皇帝)에게 인정받아 벼슬에 올랐으나 이사의 모함으로 옥사하였다. 저서로 『한비자(韓非子)』가 있다. 『사기·노자한비열전(老子韓非列傳)』에 그 내용이 전한다.

25 『장자·산목(山木)』, "저 큰 여우와 문채 나는 표범이 숲속에 살고 바위 구멍에 숨는 것은 고요함이며, 밤에 다니고 낮에 쉬는 것은 경계함이다. 비록 굶주리고 목말라도 숨어 있으며 또 강이나 호숫가에서 멀리 떨어져 먹을 것을 구하는 것은 안정됨이다. 그런데도 그물이나 덫의 재앙을 피할 수 없는 것은 무슨 죄가 있어서일까? 그들의 가죽이 그들의 재앙인 것이다.(夫豊狐文豹, 棲於山林, 伏於巖穴, 靜也, 夜行晝居, 戒也. 雖飢渴隱約, 猶且胥疏於江湖之上而求食焉, 定也. 然且不免於罔羅機辟之患, 是何罪之有哉? 其皮爲之災也.)"

26 『맹자·만장하(萬章下)』, "가난 때문에 벼슬하는 자는 높은 자리를 사양하고 낮은 자리에 머물며, 부유함을 사양하고 가난함에 머문다. 높은 자리를 사양하고 낮은 자리에 머물며, 부유함을 사양하고 가난함에 머무는 것은 어디가 마땅한가? 관문을 지키고 목탁을 치는 일이다.(爲貧者, 辭尊居卑, 辭富居貧. 辭尊居卑, 辭富居貧, 惡乎宜乎? 抱關擊柝.)"

「노이유(魯二儒)[27]」	노(魯)나라의 두 선비
易代隨時,	왕조가 바뀌면 시대를 따르니
迷變則愚.	변화를 알지 못함은 어리석다고 하네.
介介若人,	강직한 저 사람들은
特爲貞夫.	특별히 곧은 분들이었지.
德不百年,	덕을 쌓은 지 백 년이 되지 않았으니
汚我詩書.	유가의 시서(詩書)를 더럽히는 것이라 하였네.
逝[28]然不顧,	결연히 뒤돌아보지도 않고
被褐幽居.	거친 베옷 입고 숨어 살았다네.

「장장공(張長公)[29]」	장지(張摯)
遠哉長公,	원대한 장공이여

---

27 노이유(魯二儒): 숙손통이 한(漢)나라에 새로운 예악(禮樂)의 법규를 제정하려고 하자 이에 대항하여 옛것을 지키며 은둔한 두 선비이다. 『사기·유경숙손통열전(劉敬叔孫通列傳)』에, "지금 천하가 막 평정되어 죽은 사람은 아직 장례도 치르지 않았고, 부상당한 사람은 아직 일어나지도 못하는데, 또 예악을 일으키려 하십니다. 예악이 일어나는 것은 100년 동안 덕을 쌓은 뒤에야 흥성할 수 있는 것입니다. 나는 차마 그대가 하는 것을 할 수 없습니다. 그대가 하는 일은 옛 법에 맞지 않으니, 우리들은 갈 수가 없소. 그대는 돌아가시오. 우리를 더럽히지 마시오.(今天下初定, 死者未葬, 傷者未起, 又欲起禮樂. 禮樂所由起, 積德百年而後可興也. 吾不忍爲公所爲. 公所爲不合古, 吾不行. 公往矣. 無汙我.)"라고 하였다.

28 서(逝): '서(誓)'와 통하여 '맹세하다', '결의하다'의 뜻이다.

29 장장공(張長公): 전한(前漢) 도양(堵陽) 출신의 장지(張摯)로 자가 장공(長公)이다. 대부(大夫)의 벼슬을 지냈으나 세속과 맞지 않아 물러난 뒤 다시는 벼슬하지 않았다. 『사기·장석지풍당열전(張釋之馮唐列傳)』에 그 내용이 전한다.

蕭然[30]何事.	적막한 채 무엇을 일삼았겠는가.
世路多端,	세상살이 갈래가 많아
皆爲我異.	모두가 나와는 다르다고 하였지.
斂轡朅來,	고삐를 거두고 돌아가
獨養其志.	홀로 자신의 뜻을 길렀네.
寢跡窮年,	자취를 감추고 생을 마쳤으니
誰知斯意.	누가 그 뜻을 알리오.

30 소연(蕭然): 적막한 모습이다.

「음주(飮酒)」 제2수

도연명(陶淵明)

❖ — 해제

「독사술 9장(讀史述 九章)」의 첫 장인 「이제(夷齊)」와 관련된 작품이다. 이 시에서도 선을 실천했던 백이와 숙제가 보답을 받지 못하고 굶어 죽은 것에 대한 애통으로 시작하였지만 결국은 그들의 굳은 절개에 대한 칭송으로 맺고 있다. 청(淸) 심덕잠(沈德潛)은 『고시원(古詩源)』에서, "『사기 · 백이열전』의 대지(大旨)가 이 시에 모두 표현되어 있다.(伯夷傳大旨, 已盡於此.)"라고 평하였다.

❖ — 역주

積善云有報,	선행을 쌓으면 보답이 있다는데,[1]
夷叔在西山.	백이와 숙제는 서산에서 살았네.
善惡苟不應,	선과 악이 진실로 보답받지 못한다면,[2]
何事空立言.	무슨 일로 부질없이 그런 말을 하였나.

---

1 『주역 · 곤괘(坤卦) · 문언전(文言傳)』, "선을 쌓은 집안에는 반드시 훗날의 경사가 있고, 불선을 쌓은 집안에는 반드시 훗날의 재앙이 있다.(積善之家, 必有餘慶, 積不善之家, 必有餘殃.)"

九十行帶索,	[영계기(榮啓期)[3]는] 90에도 다니면서 새끼를 맸다는데,
飢寒況當年.	하물며 젊은 시절에 겪는 굶주림과 추위쯤이야.
不賴固窮節,	곤궁에 굳센 절개를 힘입지 않는다면,
百世當誰傳.	백 세대 후에 장차 누가 전해 주리오.

---

2 「감사불우부(感士不遇賦)」, "바름을 간직하고 도에 뜻을 둔 선비들이 혹 한창때에 자신의 훌륭함을 감추고, 자신을 깨끗이 하여 지조를 맑게 갖는 사람들이 혹 세상을 마치도록 그저 수고롭기만 하다.(懷正志道之士, 或潛玉於當年, 潔己清操之人, 或沒世以徒勤.)"

3 영계기(榮啓期): 춘추시대의 은자로, 『열자·천서(天瑞)』에 다음과 같은 기록이 있다. "공자가 태산을 유람하다가 성(郕) 땅의 들을 지나는 영계기를 만났는데, 남루한 갖옷에 새끼를 매고 거문고를 연주하면서 노래 부르고 있었다. 공자가 묻기를, '선생이 즐거워하는 것은 무엇입니까?'라고 하니 대답하기를, '나의 즐거움은 매우 많습니다. 하늘이 만물을 내면서 오직 사람이 귀한데, 나는 사람이 될 수 있었으니 그것이 첫 번째 즐거움입니다. 남녀의 구별은 남자가 높고 여자가 낮기 때문에 남자를 귀하게 여기는데, 나는 이미 남자가 될 수 있었으니 그것이 두 번째 즐거움입니다. 사람이 태어나서 해와 달도 보지 못하고 강보에서 벗어나지 못한 채 죽는 자도 있는데, 나는 이미 먹은 나이가 90이 되었으니 그것이 세 번째 즐거움입니다.'라고 하였다.(孔子遊於太山, 見榮啓期行乎郕之野, 鹿裘帶索, 鼓琴而歌. 孔子問曰, 先生所以樂, 何也? 對曰, 吾樂甚多. 天生萬物, 唯人爲貴, 而吾得爲人, 是一樂也. 男女之別, 男尊女卑, 故以男爲貴, 吾旣得爲男矣, 是二樂也. 人生有不見日月, 不免襁褓者, 吾旣已行年九十矣, 是三樂也.)"

8

부채 위의 그림에 부치는 찬양

「선상화찬(扇上畵贊)」

❖— 해제

여덟 명의 은자를 그린 부채의 그림에 칭송의 글을 쓴 것이다. 구성은 첫 단락에서 전체 글의 주제, 즉 혼란한 세상에서 은일을 택했던 이들을 개괄적으로 칭송하였고, 이어서 차례로 9인의 은일 행적을 들어 칭송하였다. 마지막 단락에서 글의 주제를 종합하고 자신의 은거 생활에 대한 자부로 마무리하고 있다.

❖— 역주

서문

荷蓧丈人,	하조장인,
長沮·桀溺,	장저·걸익,
於陵仲子,	오릉중자,
張長公,	장장공,
丙曼容,	병만용,
鄭次都,	정차도,
薛孟嘗,	설맹상,
周陽珪.	주양규.

본문

三五[1]道邈,	삼황오제의 도가 멀어지면서,
淳風日盡.	순박한 풍속은 날로 사라져 갔다.
九流[2]參差,	구가(九家)가 어지러이 나와
互相推隕.	서로를 배척하고 헐뜯는다.
形逐物遷,	(구가의) 형세는 사물의 변화를 좇으니,
心無常準.	마음에 일정한 표준이 없다.
是以達人,	그래서 통달한 사람은
有時而隱.	때로 은거를 한다.

四體不勤,	"사지를 힘쓰지 않고
五穀不分.	오곡을 분별하지 못하면서…"라고 하며
超超丈人,	초연했던 노인은
日夕在耘.	해 저물녘에 김을 매고 있었지.[3]

1 삼오(三五): 전설상의 성군(聖君)인 삼황오제(三皇五帝)를 가리킨다. 삼황(三皇)은 복희(伏羲), 신농(神農), 황제(黃帝)이다. 오제(五帝)는 소호(少昊), 전욱(顓頊), 제곡(帝嚳), 요(堯), 순(舜)을 가리킨다는 설[『제왕세기(帝王世紀)·오제(五帝)』]과 황제(黃帝), 전욱, 제곡, 요, 순을 가리킨다는 설[『사기·오제본기(五帝本紀)』] 등이 있다.

2 구류(九流): 전국시대의 아홉 학파를 이르는 말로, 구가(九家)라고도 한다. 대개 유가(儒家), 도가(道家), 음양가(陰陽家), 법가(法家), 명가(名家), 묵가(墨家), 종횡가(縱橫家), 잡가(雜家), 농가(農家)를 가리킨다.[『한서·예문지(藝文志)』]

3 대바구니를 멘 노인[하조장인(荷蓧丈人)]에 대한 찬양이다. 『논어·미자(微子)』에, "자로가 (공자를) 따르다가 뒤처졌는데 지팡이로 대바구니를 멘 노인을 만났다. 자로가 묻기를, '그대는 선생님을 보았습니까?'라고 하자 노인이 말하기를, '사지를 힘쓰지 않고 오곡을 분별하지 못하면서 누가 선생님인가?'라 하고 지팡이를 꽂아

遼遼沮溺,	고상했던 장저와 걸익은,
耦耕自欣.	나란히 밭을 갈며 스스로 즐거워했다
入鳥不駭,	새들 속으로 들어가도 놀라지 않고,
雜獸斯羣.	짐승들과 섞여 함께 어울렸다.[4]

至矣於陵,[5]	지극하도다 오릉은,
養氣浩然.	기개를 기른 것이 컸다.
蔑彼結駟,	저 네 마리 말을 멘 수레를 멸시하고
甘此灌園.	남의 밭에 물을 주는 이 일을 즐겼다네.

놓고 김을 매었다.(子路從而後, 遇丈人以杖荷蓧, 子路問曰, 子見夫子乎? 丈人曰, 四體不勤, 五穀不分, 孰爲夫子? 植其杖而芸.)"라고 하였다.

4 장저(長沮)와 걸익(桀溺)에 대한 찬양이다. 『논어 · 미자(微子)』에, "장저와 걸익이 짝을 지어 밭을 가는데 공자가 지나다가 자로로 하여금 그들에게 나루를 묻게 하였다. 장저가 말하였다. '수레(고삐)를 잡고 있는 이가 누구요?' 자로가 말하였다. '공구이십니다.' '저 사람이 노나라의 공구인가요?' '그렇습니다.' '저 사람은 나루를 알 것이오.' 걸익에게 물으니 걸익이 말하였다. '당신은 누구요?' '중유입니다.' '노나라 공구의 제자인가요?' '그렇습니다.' '도도한 물결처럼 천하가 모두 이러한데 누구와 함께 그것을 바꾸겠소. 또 당신은 사람을 피하는 선비를 따르는 것보다 아마도 세상을 피하는 선비를 따르는 것이 나을 것이오.'라 하고 씨앗을 덮으면서 멈추지 않았다. 자로가 가서 아뢰니 공자가 실망하면서 말씀하였다.' '새와 짐승은 함께하여 같이 어울릴 수 없으니 내가 이렇게 사람들의 무리와 함께하지 않고 누구와 함께하겠는가. 천하에 도가 있다면 내가 함께하여 바꾸려 하지 않을 것이다.' (長沮桀溺耦而耕, 孔子過之, 使子路, 問津焉. 長沮曰. 夫執輿者, 爲誰? 子路曰. 爲孔丘. 曰是魯孔丘與? 曰是也. 曰是知津矣. 問於桀溺, 桀溺曰. 子爲誰? 曰爲仲由. 曰是魯孔丘之徒與? 對曰然. 曰滔滔者, 天下皆是也, 而誰以易之. 且而與其從辟人之士也, 其若從辟世之士哉. 耰而不輟. 子路行以告, 夫子憮然曰. 鳥獸不可與同群, 吾非斯人之徒與而誰與. 天下有道, 丘不與易也.)"라고 하였다.

張生一仕,	장장공(張長公)[6]은 한번 벼슬길에 나섰다가
曾以事還.	일찍이 일을 이유로 돌아왔지.
顧我不能,	내가 할 수 없음을 살피고는
高謝人間.	고상하게 세속을 떠났다네.

岧岧[7]丙公,	고결했던 병만용(丙曼容)[8]은,
望崖輒歸.	벼랑[9]을 바라보고 바로 귀향하였다.
匪驕匪吝,	교만하지도 않았고 인색하지도 않았으니
前路威夷.[10]	앞길이 험난했기 때문이다.[11]

---

5 오릉(於陵): 전국시대 제(齊)나라 은사인 진중자(陳仲子)로 오릉에 살아 오릉자중(於陵子仲)이라고도 한다. 초(楚)나라 왕이 자신을 재상에 등용하려 하자, 처자를 이끌고 도망하여 남의 정원에 물 주는 일을 하였다고 한다. 『사기·노중연추양열전(魯仲連鄒陽列傳)』에, "오릉자중은 재상의 자리를 사양하고, 남을 위해 정원에 물 주는 일을 하였다.(於陵子仲辭三公, 爲人灌園.)"라고 하였다.

6 장장공(張長公): 전한(前漢) 도양(堵陽) 출신의 장지(張摯)로 자가 장공(長公)이다. 대부(大夫)의 벼슬을 지냈으나 세속과 맞지 않아 물러나서 다시는 벼슬하지 않았다. 『사기·장석지풍당열전(張釋之馮唐列傳)』에 그 내용이 전한다.

7 초초(岧岧): 높은 모양, 또는 고결한 모양이다.

8 병만용(丙曼容): 한(漢) 낭야(琅邪) 출신의 병단(邴丹)으로 자가 만용(曼容)이다. '병(丙)'은 '병(邴)'의 가차자이다. 『한서·공승전(龔勝傳)』에, "병한(邴漢)의 조카 병만용도 역시 뜻을 기르며 자신을 수양하였다. 관리를 하면서도 육백석(六百石)의 관직을 넘지 않으려고 하여, 바로 그만두고 떠났다. 그 명성이 병한보다 훨씬 뛰어났다.(漢兄子曼容亦養志自修. 爲官不肯過六百石, 輒自免去. 其名過出於漢.)"라고 하였다.

9 벼랑: 높은 관직을 비유한다.

10 위이(威夷): 일이 어려운 모양, 길이 험한 모양이다.

鄭叟不合,	정노인[정차도(鄭次都)[12]]은 세상과 맞지 않아
垂釣川湄.	물가에서 낚시를 드리웠네.
交酌林下,	수풀 아래에서 술잔을 나누면서,
淸言究微.	고상한 말로 오묘한 이치를 밝혔다네.

孟嘗[13]遊學,	맹상이 고향을 떠나 공부하였으나
天網時疏.	하늘의 그물(조정의 법망)이 때로 엉성했네.[14]
眷言哲友,	명철한 벗을 돌아보고는
振褐偕徂.	갈옷을 털어 입고 함께 떠났다네.

英哉周子,	뛰어나구나 주양규(周陽珪)[15]는
稱疾閒居.	병을 핑계 대고 한적하게 지냈다네.
寄心淸尙,	마음을 청렴하고 고상한 데에 기탁하고
悠然自娛.	느긋하게 스스로 즐겼다네.

---

11 당시에 왕망(王莽)이 전횡하자 높은 관직에 오르려는 마음을 갖지 않은 것을 가리킨다.

12 정차도(鄭次都): 후한(後漢) 여남(汝南) 출신의 정경(鄭敬)으로 자가 차도(次都)이다. 왕망의 집권기에 은거하면서 학문에 정진하였다. 같은 고을의 등경(鄧敬)이 독우가 되어 정경이 사는 데를 지났는데, 정경이 마침 낚시를 하고 있다가 만나 그 자리에서 술자리를 펴고 이야기를 나눴다고 한다.

13 맹상(孟嘗): 후한(後漢) 여남(汝南) 출신의 설포(薛包)로 자가 맹상(孟嘗)이다. 시중(侍中)에 임명되었으나 나아가지 않았다.

14 조정의 제수(除授)를 사양하고 귀향할 수 있었음을 가리킨다.

15 주양규(周陽珪): 내력이 자세하지 않다.

翳翳[16]衡門,	어둑어둑한 가로 막대 문 안에
洋洋泌流.	졸졸 샘물이 흐른다.[17]
曰琴曰書,	거문고요 책이니
顧盼有儔.	돌아봄에 짝이 있구나.
飮河旣足,	강물 떠 마시면 이미 충분하니[18]
自外皆休.	그 밖의 것은 모두 그만두리라.
緬懷千載,	멀리 천년의 세월을 생각하면서
託契孤遊.[19]	외로운 노닒에 마음을 맡기리라.

16 예예(翳翳): 어두워서 분명하지 않은 모양이다.

17 『시경·진풍(陳風)·형문(衡門)』, "가로 막대 문 안에 머물며 쉴 수 있다. 샘물이 졸졸 흐르니 굶주림에도 즐길 수 있다.(衡門之下, 可以棲遲. 泌之洋洋, 可以樂飢.)"

18 『장자·소요유(逍遙遊)』, "두더지가 강물을 마셔도 배를 채우는 데에 지나지 않는다.(偃鼠飮河, 不過滿腹.)"

19 고유(孤遊): 앞에서 읊은 옛사람들의 은거 생활을 비유한 말이다.

「권농(勸農)」

도연명(陶淵明)

❖— 해제

「부채 위의 그림에 부치는 찬양[선상화찬(扇上畫贊)]」의 장저(長沮)·걸익(桀溺)과 관련된 작품이다. 이들은 몸소 농사지으면서 은거 생활을 했던 이들로, 도연명의 이상에 부합하는 인물들이다. 옛 은자들에 대한 찬양과 흠모에서, 도연명이 직접 농사지으면서 느낀 자부심이 드러난다.

❖— 역주

悠悠上古,	아득한 먼 옛날,
厥初生民.[1]	그 처음에 사람들이 생겨났지.
傲然[2]自足,	득의하여 스스로 만족하고,
抱樸含眞.	순박함과 참됨을 지녔었지.
智巧旣萌,	지혜와 기교가 싹터 버리자,
資待靡因.	필요로 하는 것을 얻을 길이 없었네.
誰其贍之,	누가 그것을 넉넉하게 하였던가,

1 생민(生民): '사람이 생겨남', '사람을 낳음', '인류', '백성' 등의 여러 가지 뜻이 있다. 여기서는 '사람이 생겨남'의 뜻이다.

2 오연(傲然): 만족하여 뽐내는 모양, 즉 득의한 모양이다.

實賴哲人.	바로 훌륭한 분 덕택이었지.

哲人伊何,	훌륭한 분이 누구인가,
時惟后稷.	그분이 바로 후직이셨다.
贍之伊何,	넉넉하게 한 것이 무엇이었나,
實曰播植.	바로 씨 뿌리고 심는 일이었다.
舜旣躬耕,	순임금은 몸소 밭을 갈았고,
禹亦稼穡.	우임금도 또한 농사지었다.
遠若周典,	멀리 『서경·주서(周書)』 같은 데에도,
八政始食.[3]	여덟 가지 정책에서 먹는 것을 우선으로 하였지.

熙熙[4]令德,	빛나는 훌륭한 덕,
猗猗[5]原陸.	무성한 들판.
卉木繁榮,	초목은 번성하고,
和風淸穆.	부드러운 바람은 맑고 온화했다.
紛紛士女,	많은 남녀들이,
趨時競逐,	때에 맞춰 다투어 따라나섰으니,
桑婦宵興,	뽕 따는 여인들은 어두울 때 일어났고,
農夫野宿.	농부들은 들에서 잤다.

---

3 팔정(八政): 『서경·주서(周書)·홍범(洪範)』에, "농사는 여덟 가지 정책을 적용하니, … 여덟 가지 정책은 첫째가 '먹는 것'이다.(農用八政, … 八政, 一曰食.)"라고 하였다.

4 희희(熙熙): 빛나는 모양이다.

5 의의(猗猗): 아름답고 무성한 모양이다.

氣節易過,	절기는 쉽게 지나가고,
和澤難久.	(봄의) 온화함과 (비의) 적셔줌은 오래가기 어렵네.
冀缺携儷,	기결은 아내를 데리고 들에 나갔고,[6]
沮溺結耦.	장저와 걸익은 짝을 지어 밭을 갈았다.[7]
相彼賢達,	저 현명하고 통달한 사람들을 보아도,
猶勤壟畝,	오히려 논밭에서 힘썼는데,
矧伊衆庶,	하물며 우리 뭇 백성들이,
曳裾拱手.	옷자락을 끌며 팔짱 끼고 있을 것인가.
民生在勤,	사람의 생계는 근면에 달려 있으니,
勤則不遺.[8]	근면하면 결핍되지 않는다[9]고 하였지.
宴安自逸,	편안히 지내며 그냥 놀기만 하면,
歲暮奚冀.	세모에 무엇을 기대하랴.
儋石[10]不儲,	한두 섬도 쌓아 놓지 않았으니,
飢寒交至.	굶주림과 추위가 함께 이르리.
顧余儔列,	돌아보건대 우리 백성들이,
能不懷愧.	부끄러워하지 않을 수 있겠는가.

---

6 『춘추좌전 · 희공(僖公) · 33년』에, “그의 아내가 들로 밥을 내가는데 공경하여 상대를 대하기를 손님과 같이 하였다.(其妻饁之, 敬, 相待如賓.)”라고 하였다.

7 『논어 · 미자(微子)』에, “장저와 걸익이 나란히 하여 밭을 갈았다.(長沮桀溺耦而耕.)” 라고 하였다.

8 유(遺): ‘궤(匱)’의 오자이다.[『춘추좌전 · 선공(宣公) · 12년』]

9 『춘추좌전 · 선공(宣公) · 12년』, “백성의 생계는 근면에 달려 있으니, 근면하면 결핍되지 않는다.(民生在勤, 勤則不匱.)”

孔耽道德,	공자는 도덕을 심히 좋아하여,
樊須是鄙,	번수를 비루하다고 하였고,[11]
董樂琴書,	동중서는 거문고와 책을 즐겨,
田園不履.	전원을 밟지도 않았지.[12]
若能超然,	만약 크게 뛰어나서,
投迹高軌,	높은 경지에 자취를 남길 수 있다면,
敢不斂衽,	감히 옷깃을 여미고,
敬贊德美.	덕의 아름다움을 경건하게 찬미하지 않으랴.

10 담석(儋石): '담(儋)'은 두 섬이고 '석(石)'은 한 섬으로 모두 용량의 단위이다. 『후한서 · 선병전(宣秉傳)』에, "받는 녹봉으로 매번 친척들을 거두어 길러 주었고 그중에 고아나 쇠약한 이들에게는 논밭을 나눠 주어 자신은 한두 섬의 저축도 없었다.(所得祿奉, 輒以收養親族, 其孤弱者, 分與田地, 自無擔石之儲.)"라는 기록이 있다. '담(擔)'은 '담(儋)'과 통한다.

11 『논어 · 자로(子路)』에, "번지가 농사짓는 것을 배우고자 하니 공자가, '나는 늙은 농사꾼만 못하다'라 하였고, 채전 가꾸는 것을 배우고자 하니, '나는 늙은 채전꾼만 못하다'라고 하였다. 번지가 나가자 공자가 '서민이로다. 번수는.'이라고 하였다.(樊遲請學稼, 子曰, 吾不如老農. 請學爲圃, 曰吾不如老圃. 樊遲出, 子曰, 小人哉. 樊須也.)"라는 기록이 있다.

12 『한서 · 동중서전(董仲舒傳)』에, "젊어서 『춘추(春秋)』를 공부하는데 장막을 내린 채 익히고 외웠다. 3년 동안 뜰을 내다보지 않았으니 그가 정심하여 노력한 것이 이와 같았다.(少治春秋, 下帷講誦. 蓋三年不窺園, 其精勤如此.)"라고 하였다.

9

상장과 금경에 대한 찬양

「상장금경찬(尙長禽慶贊)」

❖— 해제

상장(尙長)[1]과 금경(禽慶)[2]도 「선상화찬(扇上畫贊)」에서 칭송했던 인물들처럼 안빈낙도하면서 은거했던 이들이다. 이들에 대한 찬양과 흠모 역시 도연명의 이상에 부합하는 인물들이었기 때문이다.

원래 본집에 없던 것을 명(明)나라 하맹춘(何孟春)이 『예문유취(藝文類聚)』에서 뽑아 「선상화찬」의 뒤에 붙임으로써, 본집에 전하게 되었다.

❖— 역주

尙子昔薄宦,	상장은 옛날에 벼슬살이를 천히 여기고,
妻孥共早晚.	처자와 함께 나날을 지냈다.
貧賤與富貴,	빈천과 부귀에 대해
讀易悟益損.	『주역』을 읽고 익괘(益卦)와 손괘(損卦)를 깨달았다.[3]

1 상장(尙長): 전한(前漢) 조가(朝家) 출신의 은사로 자가 자평(子平)이다. 『노자』와 『주역』에 정통하였다. 벼슬을 하지 않고 북해(北海)의 금경(禽敬)과 함께 명산을 유람하였다. '상장(尙長)'은 '상장(向長)'으로도 쓴다.

2 금경(禽慶): 전한(前漢) 북해(北海) 출신의 은사로 자가 자하(子夏)이다.

禽生善周遊,	금경은 두루 유람하기를 좋아했는데,
周遊日已遠.	두루 유람하는 것이 나날이 더욱 멀리까지 갔다.
去矣尋名山,	떠나서 명산을 찾아다녔는데
上反豈知反.	(명산에) 올랐으니 도리어 어찌 돌아갈 줄을 알겠는가.

3 『후한서 · 상장전(尙長傳)』, "집에서 은거하면서 『주역』을 읽다가 익괘(益卦)와 손괘(損卦)에 이르러 '아!'하고 탄식하며 이르기를, '나는 이제 부유함보다 가난함이 낫고 높은 지위보다 낮은 자리가 나음을 알겠다. 다만 죽음보다 삶이 나은지는 아직 모르겠다.'라고 하였다.(潛隱於家, 讀易, 至損益卦, 喟然歎曰, 吾已知富不如貧, 貴不如賤. 但未知死何如生耳.)"

10

아들 엄 등에게 주는 글

「여자엄등소(與子儼等疏)」

❖ — 해제

진(晉) 의희(義熙) 3년(407년), 도연명 51세에 지었다. 글의 구성은 먼저 자신의 생애 역정과 평소에 가졌던 뜻을 회고하고 있다. 다음으로 친구 간에 우정이 돈독했던 이들이나 형제간에 우애가 깊었던 이들의 전례를 들어, 다섯 아들에게 이들을 본받아 우애할 것을 바라고 훈계하고 있다. '소(疏)'는 문체의 이름으로 도리를 설명하거나 분석하는 방식의 문장이다.

❖ — 역주

告儼俟份佚佟.	엄(儼), 사(俟), 빈(份), 일(佚), 동(佟)[1]에게 알린다.
天地賦命,	천지가 생명을 내려 줌에,
生必有死.	태어나면 반드시 죽음이 있다.
自古聖賢,	옛날부터 성현이라도,
誰能獨免.	누가 홀로 벗어날 수 있었던가.

1 다섯 아들의 아명은 서(舒), 선(宣), 옹(雍), 단(端), 통(通)이다. 「책자(責子)」[관련 작품 참조 p. 141]에 보인다.

子夏[2]有言,	자하가 말하기를,
死生有命,	"죽고 사는 것은 명이 있고,
富貴在天.	부귀는 하늘에 달려 있다."[3]라고 하였다.
四友之人,	(공자의 제자였던) 네 사람[4]은,
親受音旨,	직접 공자의 말씀과 뜻을 받들었으니,
發斯談者,	이 말을 낸 것은,
將非窮達不可外[5]求,	아마도 빈궁과 영달은 분수 이상으로 구할 수 없고,
壽夭永無外請故也.	장수와 요절도 끝내 분수 이상으로는 청할 수 없기 때문이 아니었겠느냐.

吾年過五十,	내가 나이 오십이 넘었는데,
少而窮苦,	젊어서는 곤궁하였고,
每以家弊,	매번 집안이 피폐하여,
東西遊走.	동서로 떠돌아다녔다.
性剛才拙,	성정은 강직하고 재능은 변변치 못하여,
與物多忤.	남과 어긋남이 많았다.

---

2 자하(子夏): 춘추시대 위(衛)나라 사람인 복상(卜商)으로 자가 자하(子夏)이다. 공자의 제자로 공자 사후에 서하(西河)에서 강학하였는데, 모습이 공자와 비슷하여 서하부자(西河夫子)로 불렸다.

3 『논어 · 안연(顔淵)』

4 진(秦) 공부(孔鮒)의 『공총자(孔叢子) · 논서(論書)』에, 안회(顔回), 자공(子貢), 자장(子張), 자로(子路)를 사우(四友)로 칭하였다.

5 외(外): '정해진 한도 밖으로'의 뜻이다.

自量爲己,	스스로 나의 됨됨이를 헤아려 보니,
必貽俗患.[6]	반드시 속세의 재난을 남길 것이라서,
僶俛辭世,	힘써 세상을 버려,
使汝等幼而飢寒.	너희들로 하여금 어려서부터 굶주리고 춥게 하였다.
余嘗感孺仲[7]賢妻之言,	(그러나) 내가 일찍이 유중의 훌륭한 아내의 말에 감동한 적이 있으니,
敗絮自擁,	해진 솜옷을 직접 두르고 있은들,
何慚兒子.	어찌 아이들에게 부끄럽겠는가.
此旣一事矣.	이것이 이미 (유중과) 같은 일이 되었구나.
但恨隣靡二仲,	다만 이웃에 구중(求仲), 양중(羊仲) 같은 친구[8]가 없고,
室無萊婦.	집에는 노래자(老萊子)[9]의 부인 같은 아내가 없

6 속환(俗患): 벼슬길에 나섰다가 받게 되는 재난을 가리킨다.

7 유중(孺仲): 후한(後漢) 태원(太原) 출신의 왕패(王霸)로, 자가 유중(孺仲)이다. 청렴하고 절개가 있어, 왕망(王莽)이 신(新)을 세우자 벼슬을 버리고 관직에 나가지 않았다. 뒤에 친구인 영호자백이 초(楚)의 재상이 되고 그의 아들이 고을의 공조(功曹)가 되었다. 영호자백이 아들을 심부름 보냈는데 복장이 화려하고 행동이 예의 바르자, 자신의 아들과 비교하여 부끄러운 마음을 가졌다. 이에 부인이 "그대는 맑은 절개를 닦으며 영화를 돌아보지 않더니, 어찌 평소의 뜻을 잊고 아이들에게 부끄러워하시오?"라고 하였다. 왕패는 깨닫고서 처자와 함께 종신토록 은거하였다고 한다.[『후한서·열녀전(列女傳)』]

8 한(漢)나라 장후(蔣詡)가 당시에 왕망이 전횡하자 벼슬을 버리고 고향에 은거하면서 집 앞의 대나무밭에 세 갈래의 길을 만들고, 은사인 구중(求仲), 양중(羊仲) 두 사람하고만 교류하였다고 한다.

	음이 한스럽다.
抱玆苦心,	이 고통스러운 마음을 갖게 되니,
良獨內愧.	진실로 혼자서 내심 부끄럽다.

少學琴書,	어려서부터 거문고와 책을 배웠고,
偶愛閒靜.	우연히 한적함과 조용함을 좋아하게 되었다.
開卷有得,	책을 펼쳐 보다가 터득하는 것이 있으면,
便欣然忘食.	곧 기뻐하며 밥 먹는 것도 잊었다.
見樹木交蔭,	나무들이 교대로 그늘을 만들고,
時鳥變聲,	철새들이 소리를 달리함을 보고,
亦復歡然有喜.	또한 즐거워서 기뻐함이 있었다.

常言,	항상 하는 말에,
五六月中,	오뉴월 중에,
北窓下臥,	북쪽 창 아래에 누워,
遇涼風暫至,	시원한 바람이 잠시 불어오게 되면,
自謂是羲皇上人.	스스로 이르기를, '복희(伏羲)[10] 시대 이전 사람'이라고 하였다.
意淺識罕,	뜻은 옅고 식견은 적지만,

9 노래자(老萊子): 춘추 말기 초(楚)나라 은사이다. 몽산(蒙山)에 은거하였는데, 초왕이 출사하도록 청하였으나 아내가 막아 종신토록 벼슬하지 않았다고 한다.[『열녀전(列女傳)·초노래처(楚老萊妻)』]

10 복희(伏羲): 삼황(三皇)의 한 사람으로 태호(太昊)라고도 한다. 팔괘(八卦)와 서계(書契)를 만들었으며 수렵과 목축을 가르쳤다.

謂斯可以保. 이 말이 간직할 만하다고 여겼다.

日月遂往, 세월이 마침내 가서,
機巧好疎, 기심(機心)[11]과 교심(巧心)[12]이 아주 드물어졌으나,
緬求在昔, 멀리 옛날을 추구해 봄에,
眇然如何. 아득하니 어쩌겠는가.
病患以來, 병든 이래,
漸就衰損, 점차 쇠약하고 손상되어 가자,
親舊不遺, 친구들이 버리지 않고,
每以藥石見求, 매번 약으로 구해 주지만,
自恐大分[13]將有限也. 스스로는 수명이 장차 한계가 있을 것이 두렵구나.

汝輩稺小家貧, 너희들은 어린데 집은 가난하여,
每役柴水之勞, 매번 나무하고 물 긷는 노고를 하고 있으니,
何時可免. 언제나 벗어날 수 있겠는가.
念之在心, 마음속에 이것을 생각하니,
若何可言. 어떻게 말을 할 수 있겠느냐.

然汝等雖不同生, 그러나 너희들이 비록 한 어머니의 태생은 아니라도,

11 기심(機心): 기계를 이용하는 마음, 즉 상대를 이용하려는 마음이다.
12 교심(巧心): 교활한 마음이다.
13 대분(大分): 큰 분수, 즉 수명을 가리킨다.

當思四海皆兄弟之義. 마땅히 사방의 사람들이 모두 형제라는 뜻[14]을 생각해야 한다.

鮑叔管仲, 포숙아와 관중은,

分財無猜, 재물을 나누면서 의심이 없었고,

歸生[15]伍擧,[16] 귀생과 오거는,

班荊道舊. 싸리나무를 깔고 앉아 옛정을 말하였다.[17]

遂能以敗爲成, 마침내 실패를 가지고 성공으로 만들었고,

因喪立功. 도망을 계기로 공적을 세웠지.

他人尙爾, 남들도 오히려 이러한데,

況同父之人哉. 하물며 아버지를 같이하는 형제간임에랴.

潁川韓元長,[18] 영천의 한원장은,

---

14 『논어 · 안연(顔淵)』, "군자가 경건하면서 (그것을) 잃음이 없으며 남과 어울림에 공손하고 예가 있으면 온 세상 안(의 사람들)이 모두 형제이다. 군자가 어찌 형제가 없는 것을 걱정하겠는가.(君子敬而無失, 與人恭而有禮, 四海之內, 皆兄弟也. 君子何患乎無兄弟也.)"

15 귀생(歸生): 춘추시대 초(楚)나라 사람인 공손귀생(公孫歸生)으로 자가 성자(聲子)이다. 친하게 지내던 오거(伍擧)가 진(晉)나라로 달아나자 다시 돌아오게 하였다.

16 오거(伍擧): 춘추시대 초(楚)나라 대부로 오자서(伍子胥)의 조부이다. 오거가 일에 연루되어 진(晉)나라로 달아나자 귀생이 초나라의 영윤인 자목(子木)을 만나 설득하여 오거의 작록을 더해주고 돌아오게 하였다.

17 귀생이 진(晋)에 사신으로 가게 되어 교외에서 만나 옛정을 나누었고, 귀국하여 영윤에게 초국의 인재가 진을 위하는 것은 초국에 불리하다 하여 마침내 초나라로 돌아오게 하였다.[『좌전 · 양공(襄公) · 26년』]

18 한원장(韓元長): 후한(後漢) 영천(潁川) 출신의 한융(韓融)으로 자가 원장(元長)이다. 상서(尙書), 태복(太僕) 등을 역임하였다.

漢末名士, 한나라 말기의 명사로,
身處卿佐,[19] 몸이 집정대신의 자리에 있었고,
八十而終, 팔십이 되어 죽었는데,
兄弟同居, 형제들이 함께 살면서,
至於沒齒. 수명이 다할 때까지 이르렀다.

濟北氾稺春,[20] 제북의 범치춘은,
晋時操行人也. 진(晋)나라 시기에 행실을 조심했던 선비이다.
七世同財, 7대에 걸쳐 재물을 함께 하였으나,
家人無怨色. 부인들이 원망하는 기색이 없었다.

詩曰, 『시경』에 이르기를,
高山仰止, "높은 산은 우러르고,
景行行止. 큰길은 걸어간다."[21]라고 하였다.
雖不能爾, 비록 잘할 수는 없더라도
至心尚之. 지극한 마음으로 이것을 숭상할 것이다.
汝其愼哉, 너희들은 바라건대 삼가 행할 것이니,
吾復何言. 내가 다시 무엇을 말하겠는가.

---

19 경좌(卿佐): 임금을 보좌하는 집정대신을 가리킨다.

20 범치춘(氾稺春): 서진(西晋) 제북(濟北) 출신의 범육(氾毓)으로 자가 치춘(稺春)이다. 30년 동안 여묘살이를 하였으며 무제(武帝)가 여러 차례 초빙하였으나 응하지 않았다.

21 『시경·소아(小雅)·거할(車舝)』

「책자(責子)」

도연명(陶淵明)

❖ — 해제

'책자(責子)'는 '자식들을 책망하다'라는 뜻으로, 408년[동진 안제 의희(義熙) 4년] 도연명의 나이 44세에 지은 시이다. 다섯 아들이 훌륭한 인재가 되기를 바라는 마음과 우려를 해학적으로 그려내고 있다. 그러나 자식의 성취는 억지로 할 수 있는 것이 아님을 깨닫고, 운명에 맡기리라는 달관적 자세로 마무리하고 있다.

❖ — 역주

白髮被兩鬢,	흰머리가 양 귀밑을 덮고,
肌膚不復實.	살결도 더 이상 실하지 못하다.
雖有五男兒,	비록 다섯 아들이 있지만,
總不好紙筆.	모두 종이와 붓을 좋아하지 않는다.
阿舒[1]已二八,	아서는 벌써 열여섯이건만,
懶惰故無匹.	게으르기가 진실로 짝이 없다.

1 아서(阿舒): 장자 엄(儼)의 아명인 서(舒)에 접두사 아(阿)를 붙인 것이다. '아(阿)'는 이름이나 성 앞에 쓰여 친밀의 뜻을 나타낸다.

阿宣行志學,[2]	아선은 곧 열다섯 살이 돼가는데,
而不愛文術.	글공부를 좋아하지 않는다.
雍端年十三,	옹과 단은 나이가 열셋인데,
不識六與七.	여섯과 일곱도 구분하지 못한다.
通子垂九齡,	통이란 놈은 아홉 살이 가까워지는데,
但覓梨與栗.	그저 배와 밤만 찾는다.
天運茍如此,	타고난 운명이 진실로 이와 같으니,
且進杯中物.	우선 술이나 들어야겠다.

2 '지학(志學)'은 '학문에 뜻을 둘 나이'라는 뜻에서 15세를 가리키니[『논어·위정(論語·爲政)』, "공자가 말씀하였다. '나는 열다섯 살이 되어 학문에 뜻을 두었다.'(子曰. 吾十有五而志于學.)"], '행지학(行志學)'은 14세를 가리킨다. '행(行)'은 '장차'의 뜻이다.

「명자(命子)」

도연명(陶淵明)

❖— 해제

'명자(命子)'는 '아들에게 자(字)를 지어 준다'라는 뜻으로, 장자인 도엄(陶儼)이 20세가 되어 관례(冠禮)를 행하고 구사(求思)라는 자를 지어 주면서[1] 쓴 시이다. 장자가 성년이 되는 상황에서 훌륭한 조상들이 이루었던 공적을 계승하여 자신이 이루지 못한 포부를 이루기를 바라고 당부한 내용이다.

❖— 역주

悠悠我祖,	아득한 우리 조상은,
爰自陶唐.[2]	요임금으로부터 비롯되었다.
邈焉虞賓,[3]	멀리는 순임금의 빈객이었고,

---

1 『예기·곡례(曲禮)』, "남자가 스무 살이 되면 관례를 하고 자를 지어 준다.(男子二十, 冠而字.)"

2 도당(陶唐): 요임금의 칭호이다. 『설문해자(說文解字)』 단옥재(段玉裁) 주에, "요임금이 처음에 도구에 살았는데 뒤에 당후가 되어 그 때문에 도당씨라고 하였다.(堯始居於陶丘, 後爲唐侯, 故曰陶唐氏.)"라는 기록이 있다.

3 우빈(虞賓): '순임금의 빈객'이라는 말로, 요임금의 아들인 단주(丹朱)를 가리킨다. 순임금이 선양을 받고 그를 빈객으로 대우하였다.

歷世重光. 세대를 지나며 거듭 빛났지.
御龍[4]勤夏, 어룡씨는 하(夏)나라에 봉사했고,
豕韋[5]翼商. 시위씨는 상(商)나라를 도우셨다.
穆穆[6]司徒,[7] 훌륭하신 사도 도숙(陶叔) 시기에,
厥族以昌. 우리 종족이 번창하였지.

紛紛戰國, 어지럽던 전국시대는,
漠漠衰周. 적막하게 쇠약해진 주나라였지.
鳳隱於林, 봉황은 숲에 숨었고,
幽人在丘. 은자는 산에 있었다.
逸虯遶雲, 날쌘 규룡은 구름을 어지럽히고,
奔鯨駭流. 달리는 고래는 물결을 놀라게 하였지.[8]
天集有漢, 하늘이 한나라를 이루어 주고,
眷余愍侯.[9] 우리 민후 도사(陶舍)를 돌봐주셨다.

於赫愍侯, 아 빛나는 민후시여,
運當攀龍.[10] 운수가 용을 잡고 오르게 되셨지.

---

4 어룡(御龍): 요의 후손이 하(夏)나라 때 일컬어진 명칭이다.
5 시위(豕韋): 요의 후손이 상(商)나라 때 일컬어진 명칭이다.
6 목목(穆穆): 장엄한 모양이다.
7 사도(司徒): 주(周)나라 초기에 사도의 벼슬을 지낸 도숙(陶叔)을 가리킨다.
8 전국시대의 혼란과 진시황의 폭정을 비유한다.
9 민후(愍侯): 한(漢) 고조(高祖) 시기에 우사마(右司馬)의 벼슬을 지낸 도사(陶舍)의 시호이다. 연(燕)과 대(代)를 토벌한 공으로 개봉후(開封侯)에 봉해졌다.

撫劍風邁,	검을 잡고 바람처럼 내달리며,
顯玆武功.	이 무공을 드러내시었다.
書誓山河,	(한 고조께서) 산과 강에 맹세를 쓰니,
啓土開封.	개봉에 봉지를 여시게 되었다.
亹亹丞相,[11]	힘쓰신 승상 도청(陶靑)이시여,
允迪前蹤.	진실로 부친의 발자취를 따르셨다.

渾渾[12]長源,	세차게 흐르는 긴 근원이요,
蔚蔚洪柯.	무성한 큰 나무로다.
群川載導,	여러 강들이 여기에서 인도되고,
衆條載羅.	많은 가지들이 여기에서 퍼졌다.
時有語默,	때때로 나섬과 물러남이 있었고,
運因隆窊.	운도 따라서 오르내렸지.
在我中晉,[13]	우리 동진 시기에,
業融長沙.[14]	공적이 장사공에게서 빛났지.

10 반룡(攀龍): 명철한 제왕을 만나 공을 이루는 것을 가리킨다. 양웅(揚雄)의 『법언(法言)·연건(淵騫)』에, "용의 비늘을 잡고 봉황의 날개에 붙는다.(攀龍鱗, 附鳳翼.)"라고 하였다.

11 승상(丞相): 한(漢) 경제(景帝) 시기에 승상을 지낸 도청(陶靑)을 가리킨다. 부친인 도사(陶舍)의 개봉후(開封侯)를 계승하였다.

12 곤곤(渾渾): 큰물이 세차게 굽이쳐 흐르는 모양이다.

13 중진(中晉): 진(晉)나라 중세(中世)라는 말에서, 건강에 도읍한 동진(東晉)을 가리킨다.

14 장사(長沙): 장사군공(長沙郡公)에 봉해진 도간(陶侃)을 가리키는 말로, 도연명의 증조부이다.

桓桓[15]長沙, 헌걸찬 장사공이시여,
伊勳伊德. 공을 이루시고 덕을 세우셨다.
天子疇[16]我, 천자께서 우리 장사공께 자문하심에,
專征南國. 독단하여 남부 지방을 정벌하셨다.
功遂辭歸, 공이 이루어지자 하직하고 물러나시니,
臨寵不忒. 총애를 받아도 어그러짐이 없었다.
孰謂斯心, 누가 일러 이러한 마음을,
而近可得. 요즈음에 얻을 수 있다고 하겠는가.

肅矣我祖,[17] 엄숙하셨던 우리 조부께서는,
愼終如始,[18] 마지막을 조심하기를 처음처럼 하시어,
直方三臺,[19] 곧고 바름이 여러 관서에 알려지고,
惠和千里. 은혜는 천 리를 화합하셨네.
於皇仁考,[20] 아! 어지셨던 선친께서는,
淡焉虛止. 담담하게 마음을 비우고 고요하셨네.
寄跡風雲, 벼슬길에 자취를 맡기기도 하셨으나,[21]

15 환환(桓桓): 굳센 모양이다.
16 주(疇): '주(籌)'와 통하여 '계획을 세우다', '상의하다'의 뜻이다.
17 아조(我祖): 도연명의 조부 도무(陶茂)로, 무창태수(武昌太守)를 역임하였다.[『진서(晉書)·도잠전(陶潛傳)』]
18 『노자·제64장』에, "마지막을 조심하기를 처음처럼 하면 일을 그르침이 없다.(愼終如始, 則無敗事.)"라고 하였다.
19 삼대(三臺): 한(漢)나라 시기에 상서[尙書: 중대(中臺)], 어사[御史: 헌대(憲臺)], 알자[謁者: 외대(外臺)]의 삼대를 두었으니, 중앙의 주요 관서를 가리킨다.
20 인고(仁考): 도연명의 선친 도일(陶逸)로, 안성태수(安城太守)를 역임하였다.

冥玆慍喜.　　이 섭섭함과 기뻐함에 초연하셨지.[22]

嗟余寡陋,　　아! 나는 덕이 없고 고루하여,
瞻望弗及.　　우러러보아도 미칠 수가 없구나.
顧慙華鬢,　　다만 허연 귀밑머리에 부끄러워져,
負影隻立.　　그림자를 뒤로하고 홀로 서 있다.
三千之罪,　　삼천 가지 죄 가운데,[23]
無後爲急.　　후사 없는 것이 가장 다급한 것이라 했지.[24]
我誠念哉,　　내가 진실로 염원하였더니,
呱聞爾泣.　　'와' 하는 너의 우는 소리 듣게 되었다.

卜云嘉日,　　거북점에 좋은 날이라 하였고,
占亦良時.　　점괘에도 좋은 때라 하였지.
名汝曰儼,　　너를 '엄'이라고 이름 지었으니,
字汝求思.　　너에게 '구사'라고 자를 지어 준다.[25]
溫恭朝夕,　　아침저녁으로 온화하고 공손할 것이니,

---

21 시운(時運)을 타고 나선 것을 가리킨다.

22 『논어 · 공야장(公冶長)』, "영윤인 자문이 세 번 벼슬에 나가 영윤이 되었으나 기뻐하는 기색이 없었고 세 번 그것을 그만두면서도 섭섭해하는 기색이 없었다.(令尹子文三仕爲令尹, 無喜色, 三已之, 無慍色.)"

23 『효경 · 오형(五刑)』, "오형(五刑)의 종류가 삼천 가지인데, 죄가 불효보다 더 큰 것이 없다.(五刑之屬三千, 而罪莫大於不孝.)"

24 『맹자 · 이루(離婁)』에, "불효에 세 가지 있는데, 후사가 없는 것이 가장 큰 것이다.(不孝有三, 無後爲大.)"라고 하였다.

念玆在玆.[26]　이것을 생각하고 여기에 마음 둘지어다.
尙想孔伋,[27]　위로 공급을 생각하면서,
庶其企而.　미칠 수 있기를 바랄 것이다.

厲夜生子,　문둥이가 밤에 아이를 낳고,
遽而求火.[28]　서둘러서 불을 찾았다지.
凡百有心,　모든 이가 그런 마음 가지고 있으니,
奚特於我.　어찌 홀로 나만이 그렇겠느냐.
旣見其生,　이미 네가 태어난 것을 보았으니,
實欲其可.　실로 네가 잘되기를 바랐다.
人亦有言,　사람들이 또한 한 말이 있듯이,
斯情無假.　이 심정엔 거짓이 없단다.

日居月諸,[29]　세월이 지나면서,
漸免於孩.　점차 어린아이를 벗어났지.

---

25 『예기 · 곡례상(曲禮上)』, "불경하지 말고 엄숙하여 사색하는 듯이 하라.(毋不敬, 儼若思.)"에서 차용한 것이다. '구사(求思)'는 또 공자의 손자인 공급(孔伋)의 자가 자사(子思)인 점을 염두에 두고 지은 것이다. 그래서 다음에서 "위로 공급을 생각하면서, 미칠 수 있기를 바랄 것이다.(尙想孔伋, 庶其企而.)"라고 하였다.

26 『서경 · 대우모(大禹謨)』의 구절이다.

27 공급(孔伋): 공자의 손자이다. '급(伋)'은 '잘 생각하다〔선사(善思)〕'의 뜻이라고 하였다.[『설문해자』 단옥재 주]

28 『장자 · 천지(天地)』, "문둥이가 한밤중에 자기 아이를 낳고서 급히 불을 가져다 비춰 보았다. 다급한 마음으로 아이가 자기를 닮았을까 두려워하였기 때문이다.(厲之人夜半生其子, 遽取火而視之. 汲汲然唯恐其似己也.)

福不虛至,	복은 그냥 오지 않지만,
禍亦易來.	화는 역시 쉽게 닥친다.
夙興夜寐,[30]	일찍 일어나고 늦게 잠자리에 들어,
願爾斯才.	네가 인재가 되기를 원한다.
爾之不才,	네가 인재가 되지 못한다 해도,
亦已焉哉.	또한 그만일 뿐이지만.

---

29 일거월저(日居月諸): 『시경·패풍(邶風)·일월(日月)』에서, "해와 달이 동방에서 나온다.(日居月諸, 出自東方.)"라고 한 데서 '일월(日月)', 즉 '세월'을 가리킨다. '거(居)'와 '저(諸)'는 어조사이다.

30 『시경·소아(小兒)·소완(小宛)』, "일찍 일어나고 늦게 자서, 너를 낳아준 부모를 욕되게 하지 말라.(夙興夜寐, 無忝爾所生.)"

11
정씨에게 시집간 누이동생에 대한 제문
「제정씨매문(祭程氏妹文)」

❖— 해제

본문의 서두에서 '진(晉)나라 의희(義熙)[1] 3년(407년) 5월'이라고 날짜를 밝혔듯이 도연명 43세에 지은 글이다. 형제간의 복제(服制)[2]인 대공(大功) 9개월의 2주기를 맞아 누이동생[3]을 추모한 제문이다. 그 내용은 먼저 어려서 함께 자라던 추억을 회상하며 고인과의 돈독했던 우애를 밝히고 있다. 다음으로 고인의 훌륭한 성품을 칭송하고 남아 있는 자식들을 안타까워하는 마음을 피력하였다. 끝으로 저승에서 다시 만날 수 있기를 기원하는 애틋한 마음을 드러내고 있다.

❖— 역주

維晉義熙三年,	진나라 의희 3년,
五月甲辰,	5월 갑진일에,
程氏妹服制再周,	정씨에게 시집간 누이동생의 복제가 재차 돌아오니,

1 의희(義熙): 진(晉) 안제(安帝)의 연호(405~418)이다.
2 복제(服制): 상복의 제도이다. 형제자매의 복제는 대공(大功), 즉 9개월의 복제이다.
3 도연명의 이복 누이동생으로, 38세의 나이에 무창(武昌)에서 죽었다.

淵明以少牢[4]之奠,	나는 소뢰의 제물로,
俛而酹之.	머리 숙여 술을 붓노라.
嗚呼哀哉.	아아! 슬프도다.

寒往暑來,	추위가 가고 더위가 오면서,
日月寖疏.	세월이 점차 멀어졌구나.
梁塵委積,	들보 위의 먼지는 쌓여 있고,
庭草荒蕪.	정원의 풀들도 거칠어졌다.
寥寥[5]空室,	쓸쓸한 빈방에,
哀哀遺孤.	슬프구나, 남겨진 고아들.
肴觴虛奠,	안주와 잔은 헛되이 차려져 있는데,
人逝焉如.	사람은 죽어서 어디로 갔는가.

誰無兄弟,	누군들 형제가 없으리오,
人亦同生,	남들도 동기간이 있지만,
嗟我與爾,	오직 나와 너만은,
特百常情.	특히 보통 사람의 정보다 백배는 되리라.
慈妣早世,	자애롭던 어머니가 일찍 돌아가셨는데,
時尙孺嬰,	그때는 아직 어린아이로서,
我年二六,	나는 나이가 열두 살이었고,
爾纔九齡.	너는 겨우 아홉 살이었지.

4 소뢰(少牢): 양과 돼지의 두 가지 희생을 갖춘 제수이다.

5 요료(寥寥): 외롭고 쓸쓸한 모양이다.

爰從靡識,	바로 식견이 없을 때로부터,
撫髫[6]相成.	머리 어루만지며 함께 컸지.
咨爾令妹,	아! 너 착한 누이동생이여,
有德有操,	덕을 지니고 지조를 지녔으며,
靖恭鮮言,	정숙하고 공손하여 말이 적었고,
聞善則樂.	착한 일을 들으면 좋아했지.
能正能和,	매우 반듯하였고 매우 온화하였으며,
惟友惟孝.	아주 우애로웠고 아주 효성스러웠지.
行止中闈,	규중에서 행동하는 것은,
可象可傚.	모범이 될 만하였고 본받을 만하였지.
我聞爲善,	내가 듣기에 선한 일을 하면,
慶自己蹈,	복은 스스로 받는다고 했는데,
彼蒼[7]何偏,	저 푸른 하늘은 어찌 치우쳐서,
而不斯報.	이런 사람에게 보답하지 않았는가.

昔在江陵,	옛날 강릉에서,
重罹天罰,	거듭 천벌을 만났는데,[8]
兄弟索居,	형제가 떨어져 살아,

6 초(髫): 아이들의 따서 늘어뜨린 머리이다. 나아가 어린 시절을 가리킨다.

7 피창(彼蒼): 저 푸른 곳이라는 뜻에서, 푸른 하늘을 가리킨다.[『시경·진풍(秦風)·황조(黃鳥)』, "저 푸른 하늘이여, 우리 훌륭한 사람을 죽였구나.(彼蒼者天, 殲我良人.)"

8 당시에 도연명은 환현(桓玄)의 막부에 있었는데, 정씨에게 시집간 누이동생의 생모가 죽은 데다, 그해 겨울에 도연명 자신의 생모가 죽은 것을 가리킨다.

乖隔楚越,	서로 갈라진 것이 초나라와 월나라 사이 같았으니,
伊我與爾,	나와 너는
百哀是切.	온갖 슬픔이 절실했었지.

黯黯高雲,	어둡게 높은 구름이 덮인 듯하고,
蕭蕭冬月,	쓸쓸한 겨울철 같으며,
白雲掩晨,	흰 구름이 새벽을 덮은 듯하고,
長風悲節.	큰바람이 슬픈 계절에 부는 듯하구나.
感惟崩[9]號,	느낌이 북받쳐 가슴 아프게 통곡하니,
興言[10]泣血.	슬픔이 일어나 피눈물이 나는구나.

尋念平昔,	깊이 옛날을 생각하니,
觸事未遠,	마주치는 일마다 멀지 않고,
書疏猶存,	편지글이 여전히 남아 있는데,
遺孤滿眼.	남겨진 고아들은 눈에 가득하구나.
如何一往,	어찌하여 한번 가서는,
終天不返.	영원히 돌아오지 않는가.
寂寂高堂,	적막한 높은 집을,
何時復踐.	언제나 다시 밟아 보겠는가.
藐藐[11]孤女,	어린 고아가 된 딸들은,

9 붕(崩): '마음이 아프다'의 뜻이다.

10 언(言): 어조사이다.

11 묘묘(藐藐): 어리고 작은 모양이다.

曷依曷恃,	누구를 의지하고 누구를 믿겠으며,
煢煢[12]遊魂,	외롭게 떠도는 혼백은,
誰主誰祀.	누가 주관하고 누가 제사 지내리오.

奈何程妹,	어찌하나 정씨 누이동생이여,
于此永已.	이제는 영원히 끝이로다.
死如有知,	죽어서도 만약 지각이 있다면,
相見蒿里.[13]	저승에서 서로 만나자.
嗚呼哀哉.	아아! 슬프도다.

12 경경(煢煢): 외롭고 고독한 모양이다.

13 호리(蒿里): 원래 태산(泰山)의 남쪽에 있던 산 이름이다. 사람이 죽으면 매장하던 곳으로, 묘지나 저승을 두루 이르는 말로 쓰인다.

12

사촌동생 경원에 대한 제문

「제종제경원문(祭從弟敬遠文)」

❖— 해제

경원은 도연명보다 16세 연하였던 사촌동생으로, 동진 안제 의희(義熙) 7년(411년)에 31세의 나이로 죽었다. 이 글은 경원이 죽어 안장할 때 지은 제문이다. 내용의 구성은 먼저 고인의 훌륭했던 생전 행실들을 칭송하고 있다. 이어서 자신과 함께했던 여러 일화를 들면서 애도의 마음을 더욱 간절하게 나타내고 있다. 끝으로 슬픔의 눈물을 머금고 제문을 지어 영결하는 것으로 마무리하고 있다.

❖— 역주

歲在辛亥,	해는 신해년(411년),
月惟仲秋,	달은 9월,
旬有九日,	19에,
從弟敬遠,	사촌동생 경원이여,
卜辰云窆[1],	날을 택해 하관(下棺)하니,
永寧后土[2].	지하에서 영원히 편안하시라.

1 폄(窆): 하관(下棺), 즉 안장(安葬)하다.

2 후토(后土): 대지(大地)의 존칭이다. 땅이나 흙을 가리킨다.

感平生之遊處,	평소 (함께) 노닐던 곳에 느낌이 일고,
悲一往之不返,	한번 감에 돌아오지 못함이 슬프구나,
情惻惻以摧心,	감정이 슬퍼져 마음을 아프게 하고,
淚愍愍而盈眼.	눈물이 애달프게 두 눈에 가득하네.
乃以園果時醪,	이에 동산의 과일과 제때에 빚은 술로,
祖[3]其將行.	그의 장차 떠남을 전별한다.
嗚呼哀哉.	아아! 슬프도다.

於鑠[4]吾弟,	아 훌륭한 내 동생은,
有操有概,	지조를 지니고 기개를 지녔으며,
孝發幼齡,	효도는 어린 나이로부터 실천했고,
友自天愛.	우애는 타고난 사랑에서 비롯되었네.
少思寡慾,	생각을 적게 하고 욕심을 줄여,
靡執靡介,[5]	고집이 없었고 독선도 없었지,
後己先人,	자기를 뒤로하고 남을 앞세웠으며,
臨財思惠.	재물을 대하면 베풀 것을 생각했네.
心遺得失,	마음은 이해관계를 잊었고,
情不依世.	감정은 세속을 따르지 않았지.

---

3 조(祖): 길 떠날 때 길의 신에게 지내거나, 사람이 죽어 발인하기 전에 지내는 제사, 즉 발인제이다.

4 오삭(於鑠): 찬미의 뜻을 나타내는 감탄사이다.

5 개(介): '견고하다'의 뜻에서 '자신의 주장만을 밀고 나가는' 독선을 가리킨다.

其色能溫,	그의 안색은 온화하였고,
其言則厲.	그의 말은 엄격하였지.
樂勝[6]朋高,	훌륭한 이를 좋아하고 고상한 이를 벗하였으며,
好是文藝.	이렇듯 글 짓는 것을 좋아하였네.
遙遙帝鄉,[7]	아득한 신선 세계가,
爰感奇心,	이에 뛰어난 마음을 감동시켜,
絶粒委務,	곡식을 끊고 세상사를 버렸으며,
考槃[8]山陰.	산의 북쪽에서 은거하였지.
淙淙[9]懸溜,	소리치는 폭포며,
曖曖荒林.	어둑어둑한 거친 숲에서.
晨採上藥,	새벽에는 선약(仙藥)을 뜯고,
夕閑[10]素琴.	저녁에는 소박한 거문고를 익혔지.
曰仁者壽,	'어진 사람은 장수한다.'는 말[11]을,
竊獨信之,	나름대로 홀로 믿었더니,

6 승(勝): '훌륭하다', '좋다'의 뜻에서, '훌륭한 벗[승우(勝友)]'을 가리킨다.

7 제향(帝鄕): 신선 세계를 가리킨다.

8 고반(考槃): 은자가 초야에서 안빈낙도하는 것을 비유한다.[『시경(詩經)·위풍(衛風)·고반(考槃)』, "집을 이룬 것이 언덕에 있으니 은자의 넉넉한 마음이다.(考槃在阿, 碩人之薖.)"]

9 종종(淙淙): 물이 흐르는 소리이다.

10 한(閑): '한(嫻)'과 통하여 '익히다'의 뜻이다.

11 『논어·옹야(雍也)』, "지혜로운 자는 즐겁고 어진 자는 장수한다.(知者樂, 仁者壽.)"

如何斯言,	어찌하여 이 말에,
徒能見欺.	부질없이 속을 수 있었는가.
年甫過立,	나이 겨우 삼십을 넘기고,
奄與世辭,	갑자기 세상과 하직하여,
長歸蒿里,	영원히 지하로 돌아가니,
邈無還期.	아득히 돌아올 기약 없구나.

惟我與爾,	오직 나와 너는,
匪但親友,	단지 가깝고 우애로웠을 뿐 아니라,
父則同生,	아버지는 형제간이며,
母則從母.	어머니는 자매간이었지.[12]
相及齠齗,[13]	서로 어린아이일 때에,
竝罹偏咎,	모두가 한쪽 상을 당하였으니,[14]
斯情實深,	이에 감정은 진실로 깊어지고,
斯愛實厚.	이에 사랑은 진실로 두터워졌지.

念彼昔日,	저 옛날을 생각해 보니,
同房之歡,	방을 같이 쓰며 살던 기쁨에,
冬無縕葛,	겨울에는 거친 베옷도 없고,

---

12 두 사람의 모친 모두 맹가(孟嘉)의 딸들이다.

13 초츤(齠齗): '이를 갈 나이'의 뜻으로, 어린아이를 가리킨다. 『한시외전(韓詩外傳)』 권1에, "남아는 태어난 지 8개월 만에 이가 나고, 8세가 되면 이를 간다.(男子八月生齒, 八歲而齠齒.)"라고 하였다.

14 부친을 여읜 것을 가리킨다.

夏渴瓢簞,	여름에는 한 바가지 물과 한 그릇 밥도 간절했으나,
相將以道,	서로 도리로 이끌어 주고,
相開以顔.	서로 기쁜 안색으로 대했지.[15]
豈不多乏,	어찌 궁핍함이 많지 않았으리오만,
忽忘飢寒.	홀연 굶주림과 추위도 잊었었지.

余嘗學仕,	내가 일찍이 벼슬길에 나섰다가,
纏緜人事,	세상사에 묶여,
流浪無成,	떠돌면서 이룬 것 없어,
懼負素志.	평소의 뜻을 저버릴까 두려워했지.
斂策歸來,	채찍을 거두고 돌아오자,
爾知我意,	너는 나의 뜻을 알아주어,
常願携手,	항상 함께하길 바랐으며,
寘彼衆議.	저 세속의 논의는 버려두었지.

每憶有秋,	매번 가을 풍년이 들었을 때를 생각하니,
我將其刈,	내가 장차 수확하려고 하면
與汝偕行,	너와 함께 떠나,

15 『논어·옹야(雍也)』, "공자가 말씀하였다. '훌륭하구나 안회여. 밥 한 그릇과 물 한 바가지로 누추한 골목에 사는 것을 남들은 그 근심을 견뎌내지 못하는데 안회는 자신의 즐거움을 바꾸지 않으니 훌륭하구나 안회여.'(子曰. 賢哉回也. 一簞食, 一瓢飮, 在陋巷, 人不堪其憂, 回也, 不改其樂, 賢哉回也.)"

舫舟[16]同濟.	방주로 같이 물을 건넜지.
三宿水濱,	삼일 동안 물가에서 자며,
樂飮川界,	시냇가에서 즐겁게 술을 마셨지.
靜月澄高,	고요한 달이 맑게 솟아오르고,
溫風始逝,	따뜻한 바람이 막 떠나갈 때,
撫杯而言,	잔 잡고 말하기를,
物久人脆.	“만물은 장구한데 사람은 취약하다.”라고 하였지만,
奈何吾弟,	어찌하여 내 동생은,
先我離世.	나보다 앞서 세상을 떠났는가.
事不可尋,	옛일 찾을 수 없는데,
思亦何極.	생각은 또한 어찌 이리 끝이 없는가.
日徂月流,	해와 달은 가고,
寒暑代息,	추위와 더위가 바뀜에,
死生異方,	죽음과 삶이 장소를 달리하니,
存亡有域.	남아 있고 없음에 영역이 있구나.
候晨永歸,	때를 기다려 영원히 돌아가니,
指塗載陟.	길을 향하여 오른다.
呱呱遺稚,	앙앙 우는 남겨진 어린것들은,

16 방주(舫舟): 두 척을 나란히 연결한 배로, ‘방주(方舟)’와 같다.

未能正言.	아직 제대로 말할 줄도 모르는구나.
哀哀嫠人,	슬퍼하는 미망인은,
禮儀孔閑.	예절에 매우 익숙하구나.
庭樹如故,	뜰의 나무는 옛날 그대로인데,
齋宇廓然.[17]	살던 집은 텅 비어 버렸네.
孰云敬遠.	누가 '경원(敬遠)'이라고 하였는가.[18]
何時復還.	어느 때 다시 돌아오려나.
余惟人斯,	나 또한 사람이라,
昧玆近情.	이렇듯 가까운 정에 눈이 어둡도다.

著龜有吉,	점쳐서 길일을 얻어,
制我祖行.	나의 전별의 제문을 짓노라.
望旐翩翩,	만장이 나부끼는 것을 바라보고,
執筆涕盈.	붓을 드니 눈물이 가득하구나.
神其有知,	혼백이여 혹시 지각이 있거든,
昭余中誠.	나의 마음속 진정을 알아주소서.
嗚呼哀哉.	아아! 슬프도다.

17 확연(廓然): 텅 빈 모양이다.

18 '경원(敬遠)'이라는 이름은 '원대한 것을 존중한다', '오랜 것을 존중한다'는 의미인데, 어찌 31세의 젊은 나이에 서둘러 세상을 떠났는가 하는 안타까움을 드러낸 표현으로 보인다.

「계묘세십이월중작여종제경원(癸卯歲十二月中作與從弟敬遠)」

도연명(陶淵明)

❖ ─ 해제

403년[동진 안제 원흥(元興) 2년] 도연명은 나이 39세에 모친상을 당했다. 이때 거상(居喪)하던 중의 상황과 심사를 읊어 사촌동생 경원에게 준 시이다. 가난하게 살면서 추운 세모를 맞아 옛 현인들이 곤궁할 때 지녔던 절개를 본받아 뜻을 변치 않을 것이니, 경원이 이 심정을 알아줄 것을 바란다는 내용이다. 8년 후인 411년[동진 안제 의희(義熙) 7년]에 우애가 깊고 뜻이 맞았던 동생 경원이 먼저 죽었는데, 그 심정은 「제종제경원문(祭從弟敬遠文)」에 잘 드러나 있다.

❖ ─ 역주

寢迹衡門下,	가로 막대 문 아래에 자취를 감추니,
邈與世相絶.	아득히 속세와는 단절되었다.
顧眄莫誰知,	둘러보니 누구도 아는 이 없고,
荊扉晝常閉.	사립문은 낮에도 항상 닫혀 있다.
凄凄歲暮風,	싸늘하게 세모의 바람이 일더니,
翳翳[1]經日雪.	어둑어둑하게 하루 종일 눈이 내린다.
傾耳無希聲,	귀 기울여도 희미한 소리조차 없는데,

在目皓已潔.	눈앞은 하얗게 이미 순백이 되었다.
勁氣侵襟袖,	세찬 기운은 옷깃과 소매로 파고드는데,
簞瓢謝屢設.	밥 한 그릇과 물 한 바가지도 자주 차리지 못한다.
蕭索空宇中,	쓸쓸한 빈집에,
了無一可悅.	아예 기뻐할 만한 것이 하나도 없다.
歷覽千載書,	두루 천 년의 책을 살피면서,
時時見遺烈.	때때로 남겨진 절개를 본다.
高操非所攀,	높은 지조는 잡고 오를 바가 아니나,
謬[2]得固窮節.	나름대로 곤궁에 굳센 절개는 얻었다.
平津苟不由,	평탄한 길을 비록 따르지 못하지만,
栖遲[3]詎爲拙.	은거해 사는 것이 어찌 졸렬하겠는가.
寄意一言[4]外,	한마디 말 이외에 뜻을 보내니,
玆契[5]誰能別.	이 합치됨을 누가 분별할 수 있겠는가.

1 예예(翳翳): 어두워서 분명하지 않은 모양이다.

2 류(謬): 자신에 대한 겸사이다.

3 서지(栖遲): 은거 생활을 가리킨다.[『시경·진풍·형문(詩經·陳風·衡門)』, "가로 막대 문 안에 머물며 쉴 수 있다. 샘물이 졸졸 흐르니 굶주림에도 즐길 수 있다.(衡門之下, 可以棲遲. 泌之洋洋, 可以樂飢.)"]

4 일언(一言): '은거해 사는 것이 어찌 졸렬하겠는가(栖遲詎爲拙)'를 가리킨다.

5 자계(玆契): '곤궁에 굳센 절개(固窮節)'를 지녔던 옛 선인들과 합치됨을 가리킨다.

13

나 자신에 대한 제문

「자제문(自祭文)」

❖— 해제

도연명은 427년[남조 송(宋) 문제(文帝) 원가(元嘉) 4년] 11월에, 63세로 죽었다.[1] 이 글은 도연명이 죽기 두 달 전인 그해 9월에 자신에 대해 쓴 제문이다. 죽음에 가까워지면서 자신을 객관화시켜 놓고 자기 일생과 죽음의 문제를 조망한 글이다. 자연에서 와서 그 일부로 살다가 자연으로 돌아가는 것이 인생이라는 깨달음과 생사에 대한 초연함이 드러나 있다.

❖— 역주

歲惟丁卯,	해는 정묘년(427년),
律中無射,[2]	12율 가운데 무역의 달(9월)에,

---

1 『송서 · 도연명전』에, "원가 4년에 죽었는데 이때 나이 63세였다.(元嘉四年卒, 是年六十三.)"라 하였고, 『통감강목(通鑒綱目)』 원가 4년 11월 조에, "진의 징사(徵士) 도잠이 죽었다.(晋徵士陶潛卒.)"라고 하였다.

2 무역(無射): 12율의 하나로, 12지로 치면 술(戌)에 해당하여 9월을 이르기도 한다. 『예기 · 월령(月令)』에, "늦가을의 달인 9월은, … 그 음은 상성이고 12율로는 무역에 해당하며, 그 수는 9이다.(季秋之月, … 其音商, 律中無射, 其數九.)"라고 하였다.

天寒夜長, 날씨는 차고 밤은 길며,
風氣蕭索. 바람 기운 쌀쌀하다.
鴻雁于征, 기러기들 날아가고,
草木黃落, 초목은 누렇게 떨어지는데,
陶子將辭逆旅之館, 나는 장차 객사[客舍, 이 세상]를 떠나,
永歸于本宅. 영원히 본집[자연]으로 돌아간다.

故人悽其相悲, 친구들은 처량하게 서로 슬퍼하면서
同祖行於今夕. 이 밤에 함께 (나의) 떠남을 전별하네.
羞以嘉蔬, 좋은 채소로 제수를 차리고,
薦以淸酌. 맑은 술을 올려 주네.
候顔已冥, 얼굴을 바라보니 이미 가물가물하고,
聆音愈漠. 목소리 들어보니 더욱 아득해지네.
嗚呼哀哉. 아아! 슬프도다.

茫茫大塊, 넓고 넓은 대지와
悠悠高旻, 아득한 높은 하늘이,
是生萬物, 만물을 냄에,
余得爲人. 내가 사람으로 태어났네.
自余爲人, 내가 사람으로 태어난 이후,
逢運之貧, 가난한 운수를 만나,
簞瓢屢罄, 한 그릇 밥과 한 바가지 물도 자주 떨어졌고,
絺綌冬陳, 베옷을 겨울에도 걸치고 지냈으나,

含歡谷汲,	즐거움 간직한 채 골짜기에서 물을 길었고,
行歌負薪.	길에서 노래하면서 나뭇짐을 지었지.
翳翳[3]柴門,	어둑어둑해지는 사립문을 드나들며,
事我宵晨.	일하면서 나는 밤낮을 보냈지.

春秋代謝,	봄가을이 바뀌면서
有務中園,	뜰 가운데 일이 있어,
載耘載耔,	김매고 북돋아 주었으며
迺育迺繁.	가축을 기르고 번식시켰지.
欣以素牘,	독서로 즐거워하고,
和以七絃.	거문고로 화답하였네.
冬曝其日,	겨울에는 햇볕을 쬐고,
夏濯其泉.	여름에는 샘물에서 씻었네.
勤靡餘勞,	힘들어도 남은 피로는 없었고,
心有常閒,	마음에는 한결같은 한가로움이 있었으니,
樂天委分,	천명을 즐기며 분수에 맡겨,
以至百年.	일생을 마치기에 이르렀네.[4]

惟此百年,	이 일생 동안,
夫人愛之,	대개 사람들이 애석해하는 것은,

3 예예(翳翳): 어두워서 분명하지 않은 모양이다.

4 「귀거래혜사(歸去來兮辭)」, "그저 변화를 따라 죽음으로 돌아가리니, 천명을 즐김에 다시 무엇을 의심하리오.(聊乘化以歸盡, 樂夫天命復奚疑.)"

懼彼無成, 그들이 이룸이 없을까를 두려워하여,
愒日惜時, 날짜를 서두르고 때를 아껴,
存爲世珍, 살아서는 세상에 진귀하게 여겨지고,
沒亦見思. 죽어서도 또한 잊히지 않는 것이라네.

嗟我獨邁, 아아! 나는 홀로 가면서,
曾是異玆. 일찍이 이런 자들과는 달랐네.
寵非己榮, 총애는 나의 영화가 아니었고,
涅豈吾緇. 물들인들 내가 어찌 검어지겠는가.[5]
捽兀[6]窮廬, 궁벽한 오두막에서 꼿꼿하게 지내며,
酣飮賦詩. 거나하게 마시고 시를 지었다네.
識運知命, 운수를 알고 천명을 알 나이가 된들,[7]
疇能罔眷. 누가 미련이 없을 수 있겠는가.

余今斯化, 나 이제 세상을 떠나면서
可以無恨. 한스러울 것 없도다.
壽涉百齡, 나이는 백 살을 향했고,
身慕肥遯, 몸은 여유로운 은둔을 그리워하였지.[8]

---

5 『논어·양화(陽貨)』, "단단하다고 하지 않겠는가, 갈아도 얇아지지 않으니. 희다고 하지 않겠는가, 검게 물들여도 검어지지 않으니.(不曰堅乎, 磨而不磷. 不曰白乎, 涅而不緇.)"

6 졸올(捽兀): 꼿꼿하고 자존심이 강한 모양이다.

7 『논어·위정(爲政)』, "쉰 살이 되어 천명을 알았다.(五十而知天命.)"

8 『주역·둔괘(遯卦)』, "상구는 여유로운 은둔이니, 이롭지 않음이 없다.(上九, 肥遯, 無不利.)"

從老得終,	늙음으로부터 마지막에 이르렀으니,[9]
奚所復戀.	무엇을 다시 연연해하리오.

寒暑逾邁,	추위와 더위가 감에,
亡旣異存,	죽은 자는 이미 남은 자와 달라졌으니,
外姻晨來,	외척들은 새벽에 오고,
良友宵奔.	벗들은 밤에 달려오네.
葬之中野,	들 가운데 매장하여,
以安其魂.	나의 혼백을 안치시키네.
窅窅[10]我行,	까마득한 나의 떠남이여,
蕭蕭墓門.	쓸쓸한 묘의 입구로다.
奢恥宋臣,	사치함으로는 송나라 사마 환퇴(桓魋)에게 부끄러우나,[11]
儉笑王孫.	검소함으로는 양왕손을 비웃네.[12]
廓兮已滅,	아득히 이미 사라졌고,
慨焉已遐.	슬프게 이미 멀어졌구나.

9 삼국시대 위(魏) 혜강(嵇康) 「양생론(養生論)」, "훼손됨이 쌓여서 몸이 쇠약해지고 쇠약함으로부터 백발이 생기며, 백발로부터 늙음에 이르고 늙음으로부터 죽음에 이른다.(積損成衰, 從衰得白, 從白得老, 從老得終.)"

10 요요(窅窅): 아득히 먼 모양이다.

11 『예기·단궁상(檀弓上)』, "옛날에 공자가 송나라에 계실 때, 환사마가 자신을 위하여 석곽을 만드는 데 3년이 되어도 이루지 못하는 것을 보았다. 공자가 말씀하기를, '이와 같이 사치를 하다니. 죽으면 빨리 썩는 것이 낫다.'라고 하였다.(昔者夫子居於宋, 見桓司馬自爲石槨, 三年而不成. 夫子曰, 若是其靡也. 死不如速朽之愈也.)"

不封不樹,　　봉분도 하지 않고 나무도 심지 않은 채,

日月遂過,　　세월이 마침내 가 버릴 텐데

匪貴前譽,　　생전의 명예를 귀하게 여기지 않았는데

孰重後歌.　　누가 사후의 칭송을 중히 여기겠는가.

人生實難,　　인생살이 진실로 어려운데,

死如之何.　　죽으면 어떠할 것인지.

嗚呼哀哉.　　아아! 슬프도다.

---

12 『한서 · 양왕손전(楊王孫傳)』, "(양왕손이) 병이 깊어 죽게 되었을 때 먼저 자신의 아들에게 유언하기를, '나는 알몸으로 매장하여 나의 원래 상태로 돌아가고 싶으니 반드시 내 뜻을 함부로 바꾸지 마라. 죽으면 포대를 만들어 시체를 싸서 7척 깊이의 땅에 넣고 내려놓은 뒤에 발에서부터 그 포대를 벗겨 몸이 흙에 바로 닿도록 하여라.'라고 하였다.(及病且終, 先令其子, 曰吾欲裸葬, 以反吾眞, 必亡易吾意. 死則爲布囊盛尸, 入地七尺, 旣下, 從足引脫其囊, 以身親土.)"

「만가시(挽歌詩)」 3수

도연명(陶淵明)

❖— 해제

「만가시(挽歌詩)」는 도연명이 죽음에 임박했음을 느끼고 죽은 후의 상황을 상상하여 제3자의 입장에서 자신의 죽음을 애도한 시이다. 제3수의 '된서리 내리는 9월 중에'라는 구절을 통해, 이 연작시는 도연명이 죽기 두 달 전인 427년[1] 9월에 지은 것임을 알 수 있다.[2] 사람의 삶이란 자연의 일부로 존재하다 역시 자연의 일부로 변해 가는 한 과정일 뿐이라는 순응자연의 사상이 잘 드러나 있다.

❖— 역주

제1수

有生必有死,	태어남이 있으면 반드시 죽음이 있고,
早終非命促.	일찍 죽는 것이 명이 짧은 것도 아니다.
昨暮同爲人,	어제저녁에는 똑같이 사람이었는데,
今旦在鬼錄.	오늘 아침에는 귀신 명부에 있구나.
魂氣散何之,	넋과 기운은 흩어져 어디로 가고,

1 남조 송(宋) 문제(文帝) 원가(元嘉) 4년이다.

2 「자제문(自祭文)」과 같은 때이다.

枯形寄空木.	말라버린 몸만 빈 나무에 얹혀 있는가.
嬌兒索父啼,	사랑스러운 아이들은 아버지를 찾으며 울고,
良友撫我哭.	좋은 친구들은 나를 어루만지며 곡한다.
得失不復知,	잘잘못을 다시는 알지 못하니,
是非安能覺.	옳고 그름을 어찌 깨달을 수 있겠나.
千秋萬歲後,	천년만년 지난 후에는,
誰知榮與辱.	누가 영화와 치욕을 알리오.
但恨在世時,	다만 한스러운 것은 세상에 있을 때,
飮酒不得足.	술 마신 것이 넉넉하지 못했던 것뿐이네.

제2수

在昔無酒飮,	옛날에는 마실 술이 없었는데,
今但湛空觴.	지금은 빈 잔이 가득해졌구나.
春醪[3]生浮蟻,	봄에 빚은 술에 거품이 생기는데,
何時更能嘗.	어느 때 다시 맛볼 수 있을까.
肴案盈我前,	안주상은 내 앞에 그득하고,
親舊哭我傍.	친구들은 내 곁에서 곡한다.
欲語口無音,	말하려 해도 입에서 소리가 나오지 않고,
欲視眼無光.	보려 해도 눈에는 빛이 없구나.
昔在高堂寢,	전에는 높은 집에서 잠들었는데,
今宿荒草鄕.	이제는 거친 풀밭에서 자겠구나.
一朝出門去,	하루아침에 문을 나와 떠나서,

3 춘료(春醪): 봄에 빚어 가을에 익은 술이다.

歸來良未央[4].	돌아왔으니 진실로 끝없는 세계로다.

제3수

荒草何茫茫,	거친 풀은 어찌 이리 아득하고,
白楊亦蕭蕭.	백양나무 또한 쓸쓸한가.
嚴霜九月中,	된서리 내리는 9월 중에,
送我出遠郊.	나를 전송하며 먼 교외로 나간다.
四面無人居,	사방에 사람 사는 곳은 없고,
高墳正蕉嶢[5].	높은 봉분들만 그저 솟아있구나.
馬爲仰天鳴,	말은 그래서 하늘 향해 울고,
風爲自蕭條.	바람은 그래서 저절로 쓸쓸하다.
幽室一已閉,	깜깜한 방이 한번 닫혀 버리면,
千年不復朝.	천년토록 다시는 아침이 되지 않으리.
千年不復朝,	천년토록 다시 아침이 되지 않으리니,
賢達無奈何.	현달한 사람들도 어쩔 수가 없으리라.
向來相送人,	지금까지 나를 전송해 주던 사람들은,
各自還其家.	각자 자기 집으로 돌아가겠지.
親戚或餘悲,	친척들은 혹 슬픔이 남아 있겠지만,
他人亦已歌.	다른 사람들은 역시 벌써 노래를 부르겠지.
死去何所道,	죽었는데 무엇을 말하겠는가,
託體同山阿.	몸을 의탁하여 산언덕과 하나가 되었는데.

4 미앙(未央): 끝나지 않음, 끝이 없음의 뜻으로 영원한 자연을 가리킨다.

5 초요(蕉嶢): 우뚝 솟은 모양이다.

부록

1

「도징사뢰 병서(陶徵士誄 幷序)」

남조 송(宋) 안연지(顏延之, 384~456)[1]

❖— 해제

도연명 사후에 안연지가 뇌문(誄文)을 짓고 '정절선생(靖節先生)'이라는 사시(私謚)를 바쳤다. '징사(徵士)'는 학문과 덕행이 뛰어나 조정에서 초빙했지만 벼슬에 나아가지 않은 사람을 가리킨다. 소통(蕭統, 501~531)이 「도연명전(陶淵明傳)」에서, "안연지가 후군공조(後軍功曹)라는 벼슬로 심양(潯陽)에 있으면서 도연명과 사이가 좋았다. 뒤에 시안군(始安郡)을 다스리게 되어 지나는 길에 심양에 들렀고 매일 도잠을 찾아가 술을 마셨는데, 갈 때마다 반드시 거나하게 마셔 취하곤 하였다. 안연지가 떠나면서 2만 전을 도연명에게 주고 가자 도연명은 모두 술집에 보내고 이따금씩 가서 술을 마셨다."라고 하여 도연명과 안연지의 교유 내용을 소개하였다.

1 안연지(顏延之): 남조 송(宋) 낭야(琅琊) 출신으로 자가 연년(延年)이다. 태자사인(太子舍人), 영가태수(永嘉太守) 등을 역임하였다. 시문(詩文)에 뛰어나 사영운(謝靈運)과 더불어 '안사(顏謝)'로 병칭되었다. 작품에 전고를 많이 채용하고 조탁을 가하는 경향이 있었다. 굴원(屈原)을 추모하여 「제굴원문(祭屈原文)」을 지었고, 도연명을 흠모하여 「도징사뢰(陶徵士誄)」를 지었다.

서문

夫璿玉[2]致美,	선옥은 지극히 아름답지만
不爲池皇[3]之寶,	도성에서 나는 보배가 아니고
桂椒[4]信芳,	육계와 산초는 참으로 향기롭지만
而非園林之實,	정원에서 나는 물건이 아니니,
豈其樂深而好遠哉.	어찌 그것들이 깊은 곳을 즐기고 먼 곳을 좋아해서이겠는가.
蓋云殊性而已.	아마도 뛰어난 특성일 뿐이라고 하겠다.
故無足而至者,	그러므로 발이 없어도 이르게 되는 것은
物之藉[5]也,	물건의 가치 덕분이고,[6]
隨踵[7]而立者,	남의 발뒤꿈치를 따라 뒤를 잇는 것은

---

2 선옥(璿玉): 아름다운 옥으로, '선(璿)'은 '선(璇)', 또는 '선(琁)'으로도 쓴다. 전설에 따르면 선옥은 산골짜기 깊은 물속에 숨어 있다고 한다.

3 지황(池皇): 성곽의 해자(垓字)인 지황(池隍)으로, 여기서는 도성을 가리킨다. '황(皇)'은 '황(隍)'의 가차이다.

4 계초(桂椒): 육계(肉桂)와 산초(山椒)로, 고급 향신료이다.

5 자(藉): '인(因)'과 통하여 '의지하다', '힘입다'의 뜻이다.

6 『한시외전(韓詩外傳)·권6』에, "진나라 평공이 황하에서 유람하면서 즐거워져 말하기를, '어떻게 하면 현명한 선비를 얻어 그와 함께 이것을 즐길 수 있을까?'라고 하자 뱃사공 개서가 무릎을 꿇고 대답하였다. '진주는 강이나 바다에서 나오고 옥은 곤산에서 나오는데, 발이 없어도 이르는 것은 주군께서 좋아하시기 때문입니다. 선비가 발이 있어도 이르지 않은 것은 군주께서 선비를 좋아하는 마음이 없기 때문입니다. 어찌 선비가 없음을 근심하십니까.'(晉平公游于河而樂曰, 安得賢士, 與之樂此也? 船人蓋胥跪而對曰. 夫珠出于江海, 玉出于昆山, 無足而至者, 由主君之好也. 士有足而不至者, 蓋君主無好士之意也. 何患無士乎.)"라고 하였다.

7 수종(隨踵): 발뒤꿈치를 따르다. '많은 사람들이 뒤를 이어 이른다'는 뜻에서 많음을 비유하는 말이다.

人之薄也.	사람이 천박한 것이다.
若乃巢由[8]之抗行,	소부나 허유의 고상한 행실과
夷皓[9]之峻節,	백이나 사호의 높은 절개로는
故已父老[10]堯禹,	본래 요임금、우임금을 나이 든 노인쯤으로 여겼고,
錙銖[11]周漢.	주(周)나라나 한(漢)나라를 가볍게 여겼으나
而緜世寖遠,	세대가 이어지면서 점차 멀어지자
光靈不屬.	빛나는 정신이 계승되지 않았다.
至使菁華隱沒,	뛰어난 정수가 사라지게 되고
芳流歇絕,	아름다운 흐름이 끊기게 되었으니
不亦惜乎.	참으로 애석하지 않은가.
雖今之作者,[12]	비록 오늘날의 은거하는 자들도
人自爲量,[13]	사람마다 각자 기준을 만들어
而首路同塵,[14]	처음 길은 (옛날의 은사들과) 보조를 맞추지만

8 소유(巢由): 소부(巢父)와 허유(許由)로, 요임금 시대의 은자이다.

9 이호(夷皓): 수양산(首陽山)에 은거했던 백이(伯夷)와 한(漢)나라 때 상산(商山)에 은거했던 상산사호[商山四皓, 동원공(東園公), 기리계(綺里季), 하황공(夏黃公), 녹리선생(甪里先生)]를 가리킨다.

10 부로(父老): 연로한 사람의 존칭이다.

11 치수(錙銖): 옛날의 무게 단위이다. 1치(錙)는 6수(銖)이고, 1수는 24분의 1냥(兩)으로 매우 적은 무게이다.

12 작자(作者): 세속을 떠나 은거하는 자를 가리킨다. 『논어 · 헌문(憲問)』, "공자가 말씀하였다. '일어나 떠난 자가 일곱 사람이다.'(子曰. 作者七人矣.)"

13 양(量): '헤아리다'에서 의미가 확대되어, '표준', '기준'의 뜻으로 쓰인다.

14 동진(同塵): 어울려 일체가 되다, 동행하다.

輟塗殊軌者多矣, 중도에 멈추거나 길을 달리한 자들이 많으니,
豈所以昭末景, 어찌 (옛날 은사들의) 마지막 빛을 밝히고
汎餘波乎. 남긴 풍조를 드러내는 방법이겠는가.

有晉[15]徵士尋陽陶淵明, 진나라의 징사인 심양의 도연명은,
南嶽[16]之幽居者也. 여산의 은거자였다.
弱不好弄, 어려서는 장난을 좋아하지 않았고
長實素心. 장성해서는 실로 소박한 마음을 지녔다.
學非稱師,[17] 학문은 선생으로 칭해지기 위한 것이 아니었고,
文取指達.[18] 문장은 뜻을 전달하는 것을 취할 뿐이었다.
在衆不失其寡,[19] 여러 사람이 있는 데서도 독자성을 잃지 않았고
處言愈見其默. 말하는 데서도 더욱 그 과묵함을 드러내었다.
少而貧苦, 젊어서 가난하고 고생하였으며
居無僕妾.[20] 생활함에 하인도 없었다.
井臼弗任, 물을 긷고 곡식을 찧는 일도 감당치 못했으며
藜菽不給. 명아주와 콩 등의 음식도 넉넉하지 못했다.

---

15 유진(有晉): '유(有)'는 접두사이고 진(晉)은 동진(東晉)을 가리킨다.

16 남악(南嶽): '남산(南山)'이라는 뜻으로, 구강(九江)의 남쪽에 있는 여산(廬山)을 가리킨다.

17 『맹자·이루상(離婁上)』, "사람들의 병통은 남의 스승이 되기를 좋아하는 데 있다.(人之患在好爲人師.)"

18 『논어·위영공(衛靈公)』, "말은 (뜻을) 전달할 뿐이다.(辭達而已矣.)"

19 과(寡): '독(獨)'과 통하여, '홀로임'을 가리킨다.

20 복첩(僕妾): 남자종과 여종이다.

母老子幼,	모친은 늙고 자식들은 어려,
就養勤匱.	부양에 힘썼지만 곤궁하였다.
遠惟田生致親之議,	멀리로는 전과(田過)가 어버이에게 극진했던 논의를 생각하게 하고,[21]
追悟毛子捧檄之懷.	모의(毛義)가 공문서를 받들었던 마음을 뒤미처 깨닫겠다.[22]

---

21 전생(田生)은 전국시대 제나라 사람 전과(田過)이다. 『설원(說苑)·수문(脩文)』에, "제나라 선왕이 전과에게 이르기를, '내가 듣기에, 유학자는 친상(親喪)에 삼년상을, 군주의 상에도 삼년상을 치른다고 하는데 군주와 어버이 중에서 누가 더 중요한가?'라고 물었다. 전과가 대답하기를, '아무래도 어버이가 더 중요할 듯하옵니다.'라고 하자 왕이 벌컥 화를 내며 말하기를, '그러면 어찌하여 어버이를 떠나 군주를 섬기는가?'라고 하였다. 전과가 대답하기를, '군주의 토지가 아니면 저의 어버이를 머물게 할 수 없고 군주의 녹봉이 아니면 저의 어버이를 봉양할 수가 없으며, 군주의 작위가 아니면 저의 어버이를 존귀하게 드러낼 수 없습니다. 군주에게서 그것을 받아 어버이에게 그것을 바치니, 무릇 군주를 섬기는 것은 어버이를 위한 것입니다.' 선왕은 기쁘지 않았지만 대꾸할 수 없었다.(齊宣王謂田過曰, 吾聞, 儒者喪親三年, 喪君三年. 君與父孰重? 田過對曰, 殆不如父重. 王忿然怒曰, 然則何爲去親而事君? 田過對曰, 非君之土地, 無以處吾親, 非君之祿, 無以養吾親, 非君之爵位, 無以尊顯吾親. 受之君, 致之親, 凡事君所以爲親也. 宣王邑邑無以應.)"라고 하였다.

22 모자(毛子)는 후한 사람 모의(毛義)이다. 『후한서·권69』에, "여강의 모의 소절(모의의 자이다)은 집이 가난했지만 효성으로 칭송되었다. 남양 사람 장봉이 그의 명성을 흠모하여 그를 찾아뵈러 갔다. 자리를 잡고 앉았는데 관청의 공문서가 막 도착하여 모의를 수령으로 삼겠다고 하였다. 모의가 공문서를 받들고 들어가는데 기쁨으로 얼굴빛이 바뀌었다. 장봉이라는 사람은 이상(理想)을 지닌 선비라서 마음속으로 그를 비천하게 여기면서 자신이 찾아온 것을 후회하고 굳게 거절하며 떠났다. 모의는 모친이 죽자 관직을 버리고 상복을 입었으며, 관청에서 자주 불러 현령으로 삼겠다고 하였지만 진퇴에 반드시 예를 따랐다. 뒤에 현량으로 천거되어 관가의 수레로 불렀지만 끝내 이르지 않았다. 장봉이 감탄하며 말하기를, '현자는 본래 헤아릴 수가 없구나. 지난날에 기뻐했던 것은 어버이를 위해 굽혔던 것이로

初辭州府三命,	처음에 주(州)의 관청에서 세 차례 임명한 것을 사양하다가
後爲彭澤[23]令,	뒤에 팽택의 현령이 되었으나,
道不偶物,	도(道)가 속물들과 맞지 않아
棄官從好.	벼슬을 버리고 좋아하는 바를 따랐다.
遂乃解體[24]世紛,	마침내 세속의 번잡함에서 몸을 빼고
結志區外,	세상 밖에 뜻을 굳혀,
定迹深棲,	깊은 곳에 행적을 정하니
於是乎遠.	이에 (속세와) 멀어졌다.
灌畦鬻蔬,	밭에 물을 주고 채소를 팔았던 것은
爲供魚菽之祭,	물고기와 콩 등의 제수를 마련하기 위한 것이었으며,
織絇緯蕭,	신발을 짜고 쑥대 발을 엮었던 것은
以充糧粒之費.	양식의 비용을 충당하려는 것이었다.
心好異書,[25]	마음은 기이한 책을 좋아하였고
性樂酒德,	성정은 술의 공덕을 즐겼으며,

다.'라고 하였다.(廬江毛義少節, 家貧, 以孝行稱. 南陽人張奉慕其名, 往候之. 坐定而府檄適至, 以義守令. 義奉檄而入, 喜動顔色. 奉者, 志尙士也, 心賤之, 自恨來, 固辭而去. 及義母死, 去官行服, 數辟公府, 爲縣令, 進退必以禮. 後擧賢良, 公車徵, 遂不至. 張奉歎曰, 賢者固不可測. 往日之喜, 乃爲親屈也.)"

23 팽택(彭澤): 지금의 강서성(江西省) 북부에 있다.

24 해체(解體): (위험에서) 몸을 빼내다.

25 이서(異書): 도연명의 「독산해경(讀山海經)」이라는 시에 보이듯이 『목천자전(穆天子傳)』, 『산해경(山海經)』 등을 가리킨다.

簡棄煩促,[26]	번잡함을 가려내어 버리고
就成省曠.	조용하고 한적함을 이루었다.
殆所謂國爵屏貴,	아마도 "나라의 작위도 [도(道)의] 존귀함에 의해 버려지고,[27]
家人忘貧者與.	집안 식구도 가난함을 잊게 하였다."고 한 것이리라.[28]
有詔徵著作郞,[29]	조서가 내려져 저작랑으로 초빙되었지만
稱疾不到.	병을 핑계로 나아가지 않았다.
春秋六十有三,	나이 63세인
元嘉[30]四年月日,	원가 4년(427) 모월 모일에
卒於尋陽縣柴桑里.	심양현의 시상리에서 죽었다.

26 번촉(煩促): 번잡한 세상사를 가리킨다.

27 『장자·천운(天運)』에, "효도와 우애, 인의, 충정과 신의, 곧음과 염치 등 이것들은 모두가 스스로 노력하면서 그 덕을 힘쓰는 것이니 대단한 것이 못됩니다. 그래서 말하기를, '지극한 존귀함에는 나라의 벼슬도 물리치고 지극한 부유함에는 나라의 재물도 물리치며, 지극한 소망에는 명예도 물리친다.'고 하는 것입니다. 이런 까닭에 도는 변하지 않습니다.(夫孝悌仁義, 忠信貞廉, 此皆自勉以役其德者也, 不足多也. 故曰, 至貴, 國爵幷焉, 至富, 國財幷焉, 至願, 名譽幷焉.' 是以道不渝.)"라고 하였다.

28 『장자·즉양(則陽)』에, "그러므로 성인(聖人)은 그가 빈궁했을 때에는 집안사람들로 하여금 가난을 잊게 하고, 그가 출세했을 때에는 천자나 제후들로 하여금 작록을 잊게 하여 겸손하게 변화시킵니다.(故聖人, 其窮也使家人忘其貧, 其達也使王公忘爵祿而化卑.)"라고 하였다.

29 저작랑(著作郞): 편찬과 저술의 일을 관장하는 관직명이다.

30 원가(元嘉): 남조 송(宋) 문제(文帝)의 연호(424~453)이다.

近識悲悼,	가까이에서 알고 지내던 이들은 슬프게 애도했고
遠士傷情.	먼 곳의 선비들은 가슴 아파했다.
冥默福應,	어둡고 조용한 곳에서 명복이 호응하리니
嗚呼淑貞,	아아! 맑고 곧았던 분이었다.
夫實以誄華,	행실은 뇌문으로 빛이 나고
名由謚高,	명성은 시호로 높아지니,
苟允德義,	진실로 도덕과 신의에 부합한다면
貴賤何算焉.	존귀와 비천을 어찌 따질 필요가 있겠는가.
若其寬樂令終之美,	만약 그의 너그럽고 낙천적이며 생을 잘 마무리한 아름다움과,
好廉克己之操,	청렴함을 좋아하고 사욕을 이겨낸 절조가
有合謚典,	시법(謚法)[31]에 부합함이 있다면,[32]
無愆前志.	이전 사람들의 기록에 위배되지 않을 것이다.
故詢諸友好,	그래서 벗들에게 자문하니
宜謚曰靖節徵士.	시호를 '정절징사(靖節徵士)'라고 하는 것이 마땅하겠다.
其詞曰.	그 뇌문은 다음과 같다.

31 시법(謚法): 제왕이나 유명인사가 죽은 뒤에 국가에서 내려 주는 칭호인 시호를 제정하는 법이다. 뒤에는 제자나 친구들이 제정하여 바치는 사시(私謚) 제도가 생겼다. 안연지가 도연명에게 바친 시호가 이에 해당한다.

32 당(唐) 이선(李善)의 『문선(文選)』 주에, "너그럽고 낙천적이며 생을 잘 마무리한 것을 '정'이라 하고, 청렴함을 좋아하고 사욕을 이겨내는 것을 '절'이라 한다.(寬樂令終曰靖, 好廉自克曰節.)"라고 하였다.

뇌문(誄文)

物尙孤生,	만물은 특수하게 존재하는 것을 숭상하고
人固介立.	사람은 우뚝하게 빼어난 것을 굳게 여긴다.
豈伊時遘,	어찌 그대가 이런 시대를 만났기 때문이겠으며,
曷云世及.	어찌 대대로 이어진 까닭이었겠는가.[33]
嗟乎若[34]士,	아아! 이분은,
望古遙集.	옛 은사를 바라보고 멀리서 만난 것이다.
韜此洪族,[35]	이런 명문 대족임을 감추고
蔑彼名級.[36]	저런 명예와 관직을 멸시했다.
睦親之行,	(친족간의) 화목하고 친밀한 행실에
至自非敦.	지극함은 자연 힘써서 이룬 것이 아니었다.
然諾之信,	남에게 허락했던 것에 대한 신의는
重於布言.	계포(季布)[37]의 말보다도 무거웠다.
廉深簡潔,	청렴하고 심후하였으며 소탈하고 깨끗하였으며,
貞夷粹溫.	올곧고 평탄하였으며 순수하고 온화하였다.

33 은일의 길을 택한 것이 시대 상황이나 가문의 전통 때문이 아니라는 설명이다.

34 약(若): 지시형용사로, '이', '그'의 뜻이다.

35 홍족(洪族): 명문대족(名門大族)의 뜻이다. 도연명의 증조부 도간(陶侃)은 동진의 대사마(大司馬)를 지냈다.

36 명급(名級): 명예와 품계를 가리킨다.

37 계포(季布): 초한(楚漢) 시기의 협객으로 신의에서 이름이 높았다. 유방(劉邦)이 한왕(韓王)일 때에 낭중(郎中)을 지냈다. 『사기·계포전(季布傳)』에, "황금 천 냥을 얻기보다는 계포의 한 번 허락을 얻는 것이 낫다.(得黃金千兩, 不如得季布一諾.)"라고 하였다.

和而能峻,	화합하면서도 준엄할 수 있었고
博而不繁.	해박하면서도 번잡하지 않았다.
依世尙同,	(사람들은) 세속을 따라 같아지기를 숭상하거나
詭時則異,	시속과 어긋나 특이해짐으로써,
有一於此,	여기에서 한쪽을 차지한 채
兩非默置,	양쪽이 (서로) 조용히 놓아두지 않으니,
豈若夫子,	어찌 선생처럼
因心違事,	마음에 따라 세상사에서 벗어나고
畏榮好古,	영화를 피하고 옛것을 좋아하며
薄身厚志.	자신을 담백하게 하고 뜻을 두터이 한 것과 같겠는가.

世霸虛禮,	당시의 패자(霸者)들이 겸허하게 예우하였고
州壤推風.	온 고을 사람들이 풍모를 추앙했다.
孝惟義養,	효심은 오직 잘 봉양함에 있었고,
道[38]必懷邦.	벼슬길에 나설 때 반드시 고향을 생각했다.[39]
人之秉彝,[40]	사람으로서의 상도(常道)를 지켜
不隘不恭.	편협하지도 않았고 공손하지도 않았다.[41]

38 『논어 · 태백(泰伯)』에서, "천하에 도가 있으면 나타나고 도가 없으면 숨는다.(天下有道則見, 無道則隱.)"라고 하였듯이, '도(道)'는 '천하에 도가 있어 벼슬길에 나서는 것'을 상징한다.

39 도연명이 고향에서 멀리 떠나는 것을 싫어하여 가까이에 있는 팽택(彭澤)의 현령 자리를 구했다는 말이다.

40 병이(秉彝): 사람으로서의 도리, 즉 상도(常道)를 지키다.

爵同下士,[42]	작위는 하등의 선비와 같았고
祿等上農.[43]	봉록은 상등의 농부와 동등했다.
度量難鈞,[44]	도량은 헤아리기 어려웠고
進退可限.	나아가고 물러남은 기준에 맞았다.
長卿[45]棄官,	사마상여가 관직을 버리고
稚賓[46]自免,	순상이 스스로 물러난 것을
子之悟之,	그대는 깨달았으나
何悟之辯.	어떻게 깨달음을 설명하겠는가.

賦辭歸來,	「귀거래혜사」를 짓고,
高蹈[47]獨善.	은거하며 홀로 수양했다.

41 『논어·공야장(公冶長)』, "말을 잘 꾸미고 얼굴빛을 좋게 하며 공손을 지나치게 하는 것을 좌구명이 부끄럽게 여겼다.(巧言令色足恭, 左丘明恥之.)"라고 하였듯이, 여기에서 말한 '공(恭)'은 '지나친 공손'의 뜻이다.

42 하사(下士): 옛날 봉건제에서 사(士)를 상、중、하 세 등급으로 나눈 가운데 가장 하위의 사(士)이다.

43 상농(上農): 농부 중에서 많은 수확을 거두는 농부이다. 『맹자·만장하(萬章下)』에, "상농부(上農夫)는 아홉 식구를 부양한다.(上農夫食九人.)"라고 하였다.

44 균(鈞): 중량의 단위(30근)로, 여기에서 '헤아리다', '측량하다'의 뜻이 나왔다.

45 장경(長卿): 서한 성도(成都) 출신의 사마상여(司馬相如)로 자가 장경(長卿)이다. 무기상시(武騎常侍)를 지냈다. 「자허부(子虛賦)」, 「상림부(上林賦)」, 「대인부(大人賦)」 등의 사부(辭賦)를 남겼다.

46 치빈(稚賓): 서한 태원(太原) 출신의 순상(郇相)으로 자가 치빈(稚賓)이다. 청렴함으로 명성이 있었다. 왕망(王莽) 시기에 태자사우(太子四友)로 초빙되었다. 그가 죽자 태자가 상복을 보냈으나 그의 아들이 부친의 유언을 따라 받지 않았다.

47 고도(高蹈): 은거 생활, 또는 은사를 가리킨다.

亦旣超曠, 또한 초월하였고 분방하였으니
無適非心. 가는 곳마다 본심에 맞는 바가 아닌 것이 없었다.
汲流舊巘, 예전의 산속에서 물을 길었고
葺宇家林. 고향에서 지붕을 이었다.
晨煙暮靄, 아침 안개와 저녁노을,
春煦秋陰, 봄날의 따스함과 가을날의 서늘함 속에
陳書輟卷, 책을 펼치기도 하고 덮기도 하였으며
置酒絃琴. 술자리를 마련하기도 하고 거문고를 뜯기도 하였다.
居備勤儉, 생활은 근면과 검소를 구비했으나
躬兼貧病. 몸은 가난과 질병이 겹쳤다.
人否其憂, 사람들은 그 근심을 힘들어하지만[48]
子然其命. 그대는 그것을 운명으로 여겼다.
隱約[49]就閑, 곤궁한 가운데 한적하게 지냈고
遷延[50]辭聘, 유유자적하며 조정의 초빙을 사양했으니,
非直也明, 단지 명철함 때문만이 아니었고
是惟道性. 오직 도를 추구하는 본성 때문이었다.

48 『논어·옹야(雍也)』에서, "밥 한 그릇과 물 한 바가지로 누추한 골목에 사는 것을 남들은 그 근심을 견뎌내지 못하는데 안회는 자신의 즐거움을 바꾸지 않는다.(一簞食, 一瓢飮, 在陋巷, 人不堪其憂, 回也, 不改其樂.)"라고 한 '人不堪其憂'의 의미이다.

49 은약(隱約): 곤궁하다, 검약하다.

50 천연(遷延): 물러나다, 유유자적하다.

糾纏[51]斡流,[52]	얽히고 방황하는 가운데
冥漠報施.	(조물주의) 보응과 베풂이 모호하다.
孰云與仁?	누가 (하늘은) 어진 사람과 함께한다고 했던가?[53]
實疑明智.	명철한 지혜의 말인지 진실로 의심스럽다.
謂天蓋高,[54]	하늘은 높다고 하였는데
胡諐斯義?	어찌하여 이 도리에 어긋나는가?
履信曷憑,	신의를 실천한들 어찌 의지할 만하고,
思順何寘?	(하늘에) 순응하기를 생각한들 어디에서 받아줄 것인가?[55]

年在中身,	나이가 중년에 들어
疢[56]維痁疾.	병에 걸려 학질을 앓았다.

51 규전(糾纏): (줄이) 서로 얽히다, 꼬이다.

52 알류(斡流): 떠돌아다니다.

53 『노자·79장』: "하늘의 도는 사사로이 친애함이 없고, 항상 선한 사람과 함께 한다.(天道無親, 常與善人.)"

54 하늘은 높이 있어도 세상 사람들의 선악을 알아 상벌을 행한다는 의미이다. 『사기·송미자세가(宋微子世家)』에, "하늘은 높더라도 낮은 곳의 말을 듣는다.(天高聽卑.)"라고 하였다.

55 『주역·계사상(繫辭上)』, "『주역』에 이르기를, '하늘에서 도우니 길하여 이롭지 않음이 없다.'라고 하였는데, 공자께서 말씀하기를, '우(祐)'라는 것은 '돕다'이다. 하늘이 돕는 것은 순응하기 때문이고, 사람이 돕는 것은 신의롭기 때문이다. 신의를 실천하고 순응하기를 생각하며 또 훌륭한 사람을 숭상한다. 이런 까닭에 하늘에서 도우니 길하여 이롭지 않음이 없다.'라고 하였다.(易曰, 自天祐之, 吉無不利也. 子曰, 祐者, 助也. 天之所助者, 順也, 人之所助者, 信也. 履信, 思乎順, 又以尙賢也. 是以自天祐之, 吉無不利.)"

視化如歸,	죽음을 집에 돌아가는 것같이 보았고
臨凶若吉.	재난을 만나도 길한 일로 여겼다.
藥劑弗嘗,	약제를 먹지도 않았고
禱祀非恤.	기도하고 비는 행위도 돌아보지 않았다.
傃[57]幽告終,	저승을 향하며 마지막을 알리고
懷和長畢.	화평한 마음을 지닌 채 영원히 생을 마쳤도다.
嗚呼哀哉.	아아! 슬프도다.

敬述靖節,	공경히 절개를 서술하며
式尊遺古.[58]	다음과 같은 유언을 존귀하게 여긴다.
存不願豐,	"살아서 풍요로움을 바라지 않았으니,
沒無求贍.	죽어서도 넉넉함을 추구하지 않는다.
省訃卻賻,	부고를 생략하고 부의를 물리칠 것이며,
輕哀薄斂.	슬픔을 심히 하지 말고 염습을 검소하게 하라.
遭壤以穿,	만나는 땅에 무덤을 파서,[59]

---

56 진(疢): 병에 걸리다, 열병.

57 소(傃): 향하다, 지키다.

58 유고(遺古): 『문선(文選) · 도징사뢰 병서(陶徵士誄 幷序)』에는 '유점(遺占)'으로 되어 있다. 유점(遺占)은 유언(遺言), 유서(遺書)를 뜻한다. 다음에 나오는 6구가 그 내용이다.

59 유영(劉伶)의 일화를 본받은 것이다.[『진서(晉書) · 유영전(劉伶傳)』, "항상 작은 수레를 타고 술 한 병을 지닌 채, 하인에게 가래를 들고 따르게 하면서 말하기를, '죽거든 바로(그 자리에) 나를 묻어라.'라고 하였다.(常乘鹿車, 攜一壺酒, 使人荷鍤而隨之, 謂曰, 死便埋我.)"]

旋葬而窆.[60]	바로 장사지내고 하관하라."
嗚呼哀哉.	아아! 슬프도다.
深心追往,	깊은 마음에서 지난 일을 추억하며
遠情逐化.	오랜 우정으로 죽음을 추모한다.
自爾介居,[61]	그대가 홀로 지내고
及我多暇,	내가 한가로움이 많아지면서부터,
伊好之洽,	우호가 깊어져
接閻鄰舍.	골목을 가까이하고 집을 이웃하였지.
宵盤[62]晝憩,	밤에는 노닐고 낮에는 휴식한 것이
非舟非駕.	배도 아니었고 수레도 아니었다.
念昔宴私,[63]	생각해 보니, 옛날에 일과가 끝난 뒤의 술자리에서
擧觴相誨.[64]	술잔을 들고 서로 깨우쳐 주었지.
獨正者危,	"혼자만 바르면 위태롭고
至方則閡.[65]	지극히 네모나면 장애가 됩니다.

60 폄(窆): 관을 무덤의 구덩이에 내려 묻다.

61 개거(介居): 홀로 지내다. 은거함을 가리킨다.

62 반(盤): 돌아다니다, 배회하다.

63 연사(宴私): 공무가 끝난 뒤의 놀이 등 사사로운 생활을 가리킨다.

64 상회(相誨): 도연명과 함께 어울리면서 서로 충고해 주었다는 말이다. 이 구절 다음부터 "영화와 명성도 그치는 날이 있습니다.(榮聲有歇)"까지가 두 사람이 서로 충고해 준 내용이다.

65 애(閡): 막다, 막아서 방해하다.

哲人卷舒,[66] 명철한 사람이 은거하고 출사한 것이
布在前載. 이전의 전적에도 실려 있습니다.
取鑒不遠, 거울로 삼을 것이 멀리 있지 않으니
吾規[67]子佩. 나의 충고를 그대는 받아 주십시오."라고 하자
爾實愀然, 그대는 실로 얼굴빛을 바꾸고
中言而發. 심중의 말로 이렇게 말했지요.
違衆速尤, "사람들과 어긋나면 허물을 재촉하고
迕風先蹶. 풍조를 거스르면 먼저 넘어지지요.
身才非實, 신체와 재주는 견실한 것이 아니고
榮聲有歇. 영화와 명성도 그치는 날이 있습니다."
叡音永矣, 지혜로운 말씀이 멀어졌으니,
誰箴余闕. 누가 나의 결점을 훈계해 줄 것인가.
嗚呼哀哉. 아아! 슬프도다.

仁焉而終, 어진 분이었는데 생을 마쳤고
智焉而斃. 지혜로운 분이었는데 죽었도다.
黔婁[68]旣沒, 검루가 이미 죽었고

66 권서(卷舒): 말고 펴다. 은거와 출사(出仕)를 비유한다. 『논어 · 위영공(衛靈公)』에, "공자가 말씀하였다. '… 군자답다, 거백옥이여. 나라에 도가 있으면 벼슬하고 나라에 도가 없으면 거두어 간직할 수 있도다.'(子曰: '… 君子哉, 蘧伯玉. 邦有道則仕, 邦無道則可卷而懷之.')"라고 하였다.

67 오규(吾規): 도연명에게 출사할 것을 권한 것이다.

68 검루(黔婁): 춘추시대 노(魯)나라의 은사로 바른 도를 지키면서 가난하게 살았고 시호가 강(康)이다. 검루가 죽었을 때 그의 시체를 덮은 헝겊이 모자라 발이 드러

展禽[69]亦逝.	전금도 또한 떠났다.
其在先生,	그들은 선생에게 있어서
同塵[70]往世.	옛날에 함께 어울렸을 이들이리라.
旌此靖節,	이 '정절(靖節)'이란 시호를 올리니,
加[71]彼康惠.	저 (검루의) '강(康)'이나 (전금의) '혜(惠)'라는 시호를 넘어서리라.
嗚呼哀哉.	아아! 슬프도다.

났다. 증자가 조문하러 가서 이를 보고 헝겊을 비스듬히 하면 덮을 수 있겠다고 하자 검루의 아내가 "비스듬히 하여 넉넉한 것보다 바르게 하여 모자라는 것이 낫습니다.(斜而有餘, 不如正而不足也.)"라 하였다고 한다.[『열녀전(列女傳)1 검루처(黔婁妻)』]

69 전금(展禽): 춘추시대 노(魯)나라 대부인 전획(展獲)으로 자가 '금(禽)'이고 시호가 '혜(惠)'이다. 바른 도리를 지켜 칭송을 받았는데, 유하(柳下)에 살아 보통 '유하혜'로 불렸다.

70 동진(同塵): 어울려 일체가 되다, 동행하다.

71 가(加): 뛰어나다.

2

「도연명집서(陶淵明集序)」

남조 양(梁) 소통(蕭統, 501~531)[1]

❖— 해제

도연명이 생전에 남긴 시문들은 도연명 사후 백여 년이 지나 소통에 의해 문집으로 편찬되었다. 소통이 편찬한 『도연명집』은 현재 전하지 않고 이 「서문」과 「도연명전(陶淵明傳)」만이 전한다. 「서문」에서 소통은 도연명의 인품과 그가 남긴 시문에 대해 칭송하고 말미에서, "내가 평소에 그의 글을 애호하여 손에서 놓지 못한 채, 간절히 그 덕을 생각하면서 동시대에 살지 못함을 한스러워하였다. 그래서 (흩어진 시문들을) 모으고 교감하여 대략적으로 편목을 구분해 놓는다."라고 하여 『도연명집』을 편찬한 내력과 과정을 서술해 놓았다.

夫自衒自媒者,	(선비가) 자신을 자랑하고 (여인이) 스스로 배우자를 구하는 것은
士女之醜行,	선비와 여인의 추한 행실이고,
不忮不求者,	(남을) 해치지 않고 (남의 것을) 탐하지 않는 것[2]은

1 소통(蕭統): 남조 양(梁) 무제(武帝)의 태자로, 자가 덕시(德施)이고 시호가 소명(昭明)이다. 학문을 좋아하고 현명했으나 일찍 죽었다. 중국 최초의 시문(詩文) 선집인 『문선(文選)』을 편찬하였다.

明達之用心.	사리에 통달한 이의 마음가짐이다.
是以聖人韜光,	이 때문에 성인(聖人)은 빛을 감추고
賢人遁世.	현자는 세상을 피해 산다.
其故何也?	그 까닭이 무엇인가?
含德之至,	덕을 지님이 지극한 것[3]은
莫踰於道,	도를 넘어서는 것이 없고,
親己之切,	자신과 가까움이 절실한 것은
無重於身.	몸보다 중요한 것이 없다.
故道存而身安,	그러므로 도가 보존되면 몸이 편안하고,
道亡而身害.	도가 없어지면 몸이 해를 받는다.
處百齡之內,	백 살 안쪽에 살면서
居一世之中,	한 세상에 머무니,
倏忽比之白駒,[4]	빠르기는 백마에 비유되고
寄遇謂之逆旅,	얹혀사는 곳은 여관이라고 한다.
宜乎與大塊而盈虛,	마땅히 대자연과 더불어 번성하였다가 쇠퇴하고,
隨中和而任放,	중용과 화합을 따라 자유로워야 할 것이니,
豈能戚戚勞於憂畏,	어찌 근심하면서 걱정과 두려움 속에 힘들어하고,

2 『시경 · 패풍(邶風) · 웅치(雄雉)』, "(남을) 해치지 않고 (남의 것을) 탐하지 않는다면 어찌 좋지 않겠는가.(不忮不求, 何用不臧.)"

3 『노자 · 제55장』, "덕을 지닌 것이 두터움은 갓난아이에 비유된다.(含德之厚, 比於赤子.)"

4 백구(白駒): 흐르는 세월을 비유하는 말이다. 『장자 · 지북유(知北遊)』에, "사람이 천지 사이에 사는 것은 백마가 틈 앞을 지나가는 것과 같아 순간일 뿐이다.(人生天地之間, 若白駒之過郤, 忽然而已.)"라고 하였다.

汲汲役於人間. 쫓기면서 세속에 부림을 당할 것인가.

齊謳趙女之娛, 제(齊)나라 노래와 조(趙)나라 미녀의 즐거움,
八珍[5]九鼎[6]之食, 여덟 가지 진미와 아홉 가지 솥의 음식,
結駟連騎之榮, 네 마리 말을 멘 수레와 줄지은 기마의 영광,
侈袂執圭之貴, 넓은 소매의 관복에 홀을 드는 존귀함이
樂旣樂矣, 즐겁기는 즐거워도
憂亦隨之. 근심이 또한 뒤따른다.
何倚伏[7]之難量, 어찌하여 화와 복은 헤아리기 어렵고,
亦慶弔之相及. 또한 경사와 흉사는 서로 뒤따르는가.
智者賢人居之, 지혜로운 자와 현자는 처신하는 것이
甚履薄氷, 얇은 얼음을 밟듯이 심히 조심하는데,
愚夫貪士競之, 어리석은 자와 탐욕스러운 선비는 경쟁하는 것이
若洩尾閭.[8] 미려에 바닷물 새듯이 세차다.

---

5 팔진(八珍): 여덟 가지의 진귀한 식품, 또는 그것으로 만든 음식으로, 제호(醍醐), 조항(麆沆), 야타제(野駝蹄), 녹진(鹿唇), 타유미(駝乳麋), 천아적(天鵝炙), 자옥장(紫玉漿), 현옥장(玄玉漿)이다.[명(明) 도종의(陶宗儀) 『철경록(輟耕錄)·속연아발휘(續演雅發揮)』] 나아가 진귀하고 맛있는 음식을 두루 이른다.

6 구정(九鼎): 우(牛), 양(羊), 시(豕), 어(魚), 석(腊), 장위동정(腸胃同鼎), 부(膚), 선어(鮮魚), 선석(鮮腊).[『의례·빙례(聘禮)』]

7 의복(倚伏): 『노자·제58장』의 "화는 복이 기대어 있는 것이고, 복은 화가 엎드려 있는 것이다.(禍兮福之所倚, 福兮禍之所伏.)"라는 말에서 화와 복을 가리킨다.

8 미려(尾閭): 고대의 신화나 전설에서 일컫는, 큰 바다 밑에 있어 바닷물이 빠져나가는 곳이다. 『장자·추수(秋水)』에, "천하의 물 가운데 바다보다 큰 것은 없다. 모든 시내가 그곳으로 흘러들어 언제 그칠지 모르는데도 차지 않는다. 미려에서 빠

玉之在山,	옥은 산에 있어도
以見珍而終破,	진귀함을 드러내 결국 쪼개지지만[9]
蘭之生谷,	난초는 골짜기에서 자라나
雖無人而自芳.	비록 보는 사람이 없어도 저절로 향기롭다.
故莊周[10]垂釣於濠,[11]	그러므로 장주는 호수(濠水)에서 낚싯줄을 드리웠고
伯成[12]躬耕於野,	백성자고는 들에서 몸소 밭을 갈았으며,
或貨海東之藥草,	어떤 이는 해동의 약초를 팔았고[13]
或紡江南之落毛.	어떤 이는 강남의 낙모(落毛)를 짰다.[14]
譬彼鵷雛,[15]	비유하자면 저 원추가
豈競鳶鴟之肉,	어찌 올빼미가 잡은 고기를 다툴 것이며[16]

져나가 언제 멈출지 모르는데도 비지 않는다.(天下之水, 莫大於海. 萬川歸之, 不知何時止, 而不盈. 眉閭泄之, 不知何時已, 而不虛.)"라고 하였다.

9 채취되어 가공되는 것을 가리킨다.

10 장주(莊周): 전국시대 송(宋)나라 몽읍(蒙邑) 출신이다. 도가사상의 중심인물로 유가의 인위적인 예교(禮敎)를 반대하였다.

11 호수(濠水): 안휘성(安徽省) 봉양현(鳳陽縣) 북동쪽에 있는 강이다.

12 백성(伯成): 요임금 시대 사람인 백성자고(伯成子高)로, 순임금이 우왕(禹王)에게 양위하였을 때 제후의 자리를 내놓고 은거하여 농사를 지으며 살았다고 한다.

13 전국시대 낭야(琅琊) 출신의 안기생(安期生)에 관한 고사로, 바닷가에서 약초를 캐서 팔았는데 진시황(秦始皇)이 그를 찾아와 도에 관해 물었다고 한다.

14 춘추시대 말기 초나라 은사인 노래자(老萊子)에 관한 고사이다. 아내와 함께 은거하면서 "새와 짐승의 털은 짜서 옷을 만들 수 있고, 떨어진 낟알은 밥을 지어 먹을 수 있다.(鳥獸之毛, 可績而衣, 其遺粒, 足食也.)"라고 하였다.[진(晉) 황보밀(皇甫謐), 『고사전(高士傳)·노래자(老萊子)』]

15 원추(鵷雛): 난새나 봉황과 같은 새를 가리킨다.

猶斯雜縣,[17] 또한 이 잡현이
寧勞文仲[18]之牲. 어찌 장문중의 제수(祭需)를 고맙게 여겼겠는가.

至于子常·寧喜[19]之倫, 자상·영희의 무리와
蘇秦·衛鞅[20]之匹, 소진·위앙의 부류에 이르러서는
死之而不疑, 죽더라도 의심하지 않은 채
甘之而不悔. 그것을 달게 여겨 후회하지 않았다.
主父偃言, 주보언[21]이 말하기를,

---

16 『장자·추수(秋水)』, "저 원추가 남해에서 출발하여 북해로 날아가는데, 오동나무가 아니면 머무르지 않고 대나무 열매가 아니면 먹지 않으며, 예천의 물이 아니면 마시지 않는다. 이때에 올빼미가 썩은 쥐를 얻었는데, 원추가 지나가자 올려다보면서 꽥하고 소리를 질렀다.(夫鵷鶵發於南海, 而飛於北海, 非梧桐不止, 非練實不食, 非醴泉不飮. 於是鴟得腐鼠, 鵷鶵過之, 仰而視之曰, 嚇.)"

17 잡현(雜縣): 바닷새의 이름으로, 일명 원거(爰居)라고도 한다.

18 문중(文仲): 춘추시대 노(魯)나라 장문중(臧文仲)이다. 원거라는 새가 도읍의 동문에 날아와 머물자 장문중이 희생을 바쳐 제사를 지냈는데, 공자(孔子)가 이를 비판하였다.[『춘추좌전(春秋左傳)·문공(文公)·02년』, "쓸모없는 기물을 만들고 순서가 바뀐 제사를 방임하고 원거에게 제사 지낸 것이 세 가지 지혜롭지 못한 것이다.(作虛器, 縱逆祀, 祀爰居, 三不知也.)"]

19 자상(子常)·영희(寧喜): 춘추시대 사람들로, 자상은 초(楚)나라의 영윤(令尹)을 지냈고, 영희는 위(衛)나라의 대부로 국정을 농락하였다.

20 소진(蘇秦)·위앙(衛鞅): 전국시대 사람들로, 소진은 전국시대 동주(東周) 낙양(洛陽) 출신으로, 합종(合從)을 체결하여 육국(六國)의 재상이 되었다. 위앙은 위(魏)에서 진(秦)으로 망명해 효공(孝公)에게 등용되어 변법(變法)을 실행하였다. 본명이 위앙(衛鞅)인데 공손앙(公孫鞅)으로 불렸고 상(商)에 봉해져 상앙(商鞅)으로도 불린다.

21 주보언(主父偃): 한(漢) 임치(臨淄) 출신으로 낭중(郎中), 중대부(中大夫) 등을 역임

生不五鼎食,[22]	"살아서 다섯 솥에 음식을 담아 놓고 먹지 못하면,
死則五鼎烹.	죽을 때 다섯 솥에 삼겨진다."[23]라고 하였는데,
卒如其言,	끝내 그 말처럼 되었으니
豈不痛哉.	어찌 슬프지 않겠는가.
又楚子觀周,	또 초나라 왕은 주(周)나라에서 군대를 열병하였으나
受折於孫滿,	왕손만에게 좌절을 당하였고,[24]
霍侯驂乘,	곽광은 천자와 수레에 동승하였다가
禍起於負芒.	(천자가) 등에 가시를 진 듯이 여긴 데서 재앙이 일어났다.[25]
饕餮[26]之徒,	탐욕스러운 무리는
其流甚衆.	그 부류가 매우 많았다.

唐堯[27]四海之主,	요임금은 천하의 군주였으나

하였다. 제후국인 제(齊) 나라의 상(相)이 되었다가 제왕(齊王)을 협박하여 자살하게 한 죄로 주살되었다.

22 오정식(五鼎食): 다섯 개의 정(鼎)에 담긴 음식을 먹는다는 의미로, 고관 귀족의 호사스러운 생활을 비유한다.

23 『사기、주보언전(主父偃傳)』

24 손만(孫滿)은 주(周) 양왕(襄王)의 손자이며 소왕(昭王)의 아들인 왕손만(王孫滿)으로, 서(徐)를 정벌하고 여형(呂刑)을 지었다. 『춘추좌전·선공(宣公)·03년』에, "초나라 임금이 육혼의 융족을 정벌하고 낙수에 이르러 주왕조의 강토에서 관병식을 가졌다. 천자인 정왕이 왕손만에게 초나라 군주를 위로하게 하였다. 초나라 군주가 구정(九鼎)의 크기와 무게에 대해 묻자 대답하기를, '(천자의 지위는) 덕에 달려 있지 솥에 있지 않습니다.(楚子伐陸渾之戎, 遂至於雒, 觀兵于周疆. 定王使王孫滿勞楚子. 楚子問鼎之大小·輕重焉. 對曰, 在德不在鼎.)'라고 하였다."라는 기록이 있다.

而有汾陽之心,	분수(汾水) 북쪽에서 생긴 마음이 있었고,[28]
子晉[29]天下之儲,	왕자진은 천하의 태자였으나
而有洛濱之志.	낙수(洛水) 물가에서 노니는 뜻이 있었다.[30]
輕之若脫屣,	(그들은 황제의 지위를) 가볍게 여기기를 헌신짝 벗어 버리듯이 했고
視之若鴻毛,	대하기를 기러기 털같이 했으니,

25 곽후(霍侯)는 전한(前漢) 하동(河東) 출신의 곽광(霍光)으로 자가 자맹(子孟)이다. 소제(昭帝) 사후 무제(武帝)의 손자인 유하(劉賀)를 황제로 세웠다가 폐위시키고 다시 무제의 증손자인 유순(劉詢)을 선제(宣帝)로 옹립하는 등 권세를 휘둘렀다. 대사마대장군(大司馬大將軍)을 지냈고 박륙후(博陸侯)에 봉해졌다. 곽광 사후에 부인을 위시한 가족들이 죽음을 당하였다. 『한서·곽광전(霍光傳)』에, "선제가 막 제위에 올라 고조(高祖)의 묘를 알현하는데, 대장군 곽광이 시종하여 수레에 동승하였다. 황제가 속으로 꺼려하여 마치 등에 가시가 있는 것 같이 여겼다.(宣帝始立, 謁見高廟, 大將軍光從驂乘. 上內嚴憚之, 若有芒刺在背.)"라는 기록이 있다.

26 도철(饕餮): 탐욕스럽고 잔학한 전설상의 괴물 이름이다. 끝없이 욕심을 부리거나 탐욕스럽고 잔인한 사람을 비유하는 말이다.

27 당요(唐堯): 요임금을 가리킨다. 황제가 되기 전에 당(唐)에 봉해져 당요로 불린다.

28 『장자·소요유(逍遙遊)』, "요임금은 천하의 백성을 다스려 온 세상의 정치를 공평하게 하였으나, 막고야산에 가서 네 사람의 신인을 만나고서 분수의 북쪽에서 아득히 천하를 잊어버렸다.(堯治天下之民, 平海內之政, 往見四子藐姑射之山, 汾水之陽, 窅然喪其天下焉.)"

29 자진(子晉): 춘추시대 주(周) 영왕(靈王)의 태자인 왕자진(王子晉)으로, 이름은 진(晉)이고 자가 교(喬)이다. 왕자교(王子喬) 또는 태자진(太子晉)으로도 불린다. 부구생(浮丘生)과 함께 숭산(嵩山)으로 들어가 수도한 뒤 30년 후 구씨산(緱氏山)에서 승천하였다고 한다.

30 『열선전(列仙傳)·왕자교(王子喬)』, "왕자교라는 이는 주나라 영왕의 태자인 진이다. 생황을 잘 불어 봉황의 울음소리를 내었으며 이수와 낙수의 사이에서 노닐었다.(王子喬者, 周靈王太子晉也. 好吹笙, 作鳳凰鳴, 遊伊洛之間.)"

而況於他人乎.	하물며 다른 사람에 대해서야 어떠했겠는가.
是以至人達士,	이 때문에 초탈한 사람과 통달한 선비는
因以晦迹.	그래서 자취를 숨기는 것이다.
或懷釐[31]而謁帝,	어떤 사람은 치국의 도를 지니고 황제를 알현하기도 하지만,
或披褐而負薪.	어떤 사람은 거친 베옷을 입고 땔감을 등에 진다.
鼓枻淸潭,	맑은 못에서 노를 젓기도 하고[32]
棄機漢曲.	한수의 굽이에서 기심(機心)[33]을 버린다.
情不在於衆事,	마음이 잡다한 일에 있지 않으니,
寄衆事以忘情者也.	잡다한 일을 초월의 경지에 맡긴다.

有疑陶淵明詩,	도연명의 시에는
篇篇有酒,	편마다 술이 있다고 의아해하는 이들이 있는데,
吾觀,	내가 보기에는
其意不在酒.	그 뜻이 술에 있지 않다.

31 리(釐): 다스리다, 다스림의 이치.

32 초(楚) 굴원(屈原) 「어부사(漁父辭)」, "어부가 빙그레 웃고는 노를 저어 떠났다.(漁父莞爾而笑, 鼓枻而去.)"

33 기심(機心): 기계를 이용하는 마음, 즉 상대를 교묘하게 이용하려는 마음이다. 『장자·천지(天地)』에, "기계가 있으면 반드시 기계를 쓸 일이 있게 되고, 기계를 쓸 일이 있게 되면 반드시 기심(機心)이 있게 되오. 기심이 가슴속에 있으면 순수하고 결백한 마음이 갖추어지지 않고, 순수하고 결백한 마음이 갖추어지지 않으면 정신과 본성이 안정되지 못한다오. 정신과 본성이 안정되지 않은 자에게는 도가 실리지 않는다오.(有機械者, 必有機事, 有機事者, 必有機心. 機心存於胸中, 則純白不備, 純白不備, 則神生不定. 神生不定者, 道之所不載也.)"라고 하였다.

亦寄酒爲迹者也.	역시 술에 기탁하여 (마음의) 자취로 삼은 것이다.
其文章不群,	그의 문장은 무리에서 뛰어나,
辭彩精拔,	수사가 정묘하고 빼어나며
跌宕昭彰,	호탕하고 밝아
獨超衆類.	홀로 여러 부류를 넘어섰다.
抑揚爽朗,	문세의 오르내림이 상쾌하고 명랑하여
莫之與京,	그것과 성대함을 겨룰 것이 없으니,
橫素波而傍流,	흰 물결을 가로지르며 두루 흐르고
干靑雲而直上.	푸른 구름 위로 솟구쳐 곧바로 올라간다.
語時事,	당시의 사실을 말한 것은
則指而可想,	지목하여 상상할 수 있고,
論懷抱,	회포를 논한 것은
則曠而且眞.	활달하면서도 참되다.
加以貞志不休,	거기에 더하여 뜻을 곧게 하기를 쉬지 않고
安道苦節,	도에 편안하여 절조를 굳게 지켰으며,
不以躬耕爲恥,	몸소 농사짓는 것을 부끄러워하지 않고
不以無財爲病.	재물이 없는 것을 근심하지 않았다.
自非大賢篤志,	스스로가 큰 현자로서 뜻을 독실하게 하여
與道汙隆,	도와 오르내림을 함께할 수 있는 이가 아니면
孰能如此乎.	누가 이와 같을 수 있겠는가.

余素愛其文,	내가 평소에 그의 글을 애호하여
不能釋手,	손에서 놓지 못한 채,

尚想其德, 간절히 그 덕을 생각하면서

恨不同時. 동시대에 살지 못함을 한스러워하였다.

故加搜校, 그래서 (흩어진 시문들을) 모으고 교감하여

粗爲區目. 대략적으로 편목을 구분해 놓는다.

白璧微瑕, 백옥의 작은 흠은

惟在閑情一賦, 오로지 「한정부」 한 편에 있으니,

揚雄[34]所謂, 양웅이 말한 바로는,

勸百而諷一者, "(사마상여의 작품은) 백 가지를 칭찬하고 한 가지를 풍자하였다."[35]라고 하였는데,

卒無諷諫, (도연명의 「한정부」에는) 끝내 풍자한 것이 없으니

何足搖其筆端. 어찌 그 붓끝을 놀릴 만한 것이었던가.

惜哉, 애석하구나,

亡是可也. 이것이 없었으면 좋았을 것이다.

幷驫點定其傳, 아울러 그의 전기를 거칠게나마 고치고 정리하여

編之於錄. 문집에 엮어 놓는다.

嘗謂, 일찍이 다음과 같이 여긴 적이 있었으니,

有能觀淵明之文者, 도연명의 글을 제대로 읽을 수 있는 자가 있다면,

---

34 양웅(揚雄): 전한(前漢) 성도(成都) 출신으로 자가 자운(子雲)이다. 박학하였고 『태현경(太玄經)』, 『법언(法言)』 등을 저술하였다.

35 『사기·사마상여열전(司馬相如列傳)』, "양웅이 말하기를, '사치스럽고 화려한 상여의 부(賦)는 백 가지를 칭찬하고 한 가지를 풍자하였다.'라고 하였다.(揚雄以爲, 靡麗之賦, 勸百風一.)

馳競之情遣,	치달리며 다투는 마음이 버려지고
鄙吝之意祛,	천박하고 인색한 뜻이 사라지며,
貪夫可以廉,	탐욕스런 자가 청렴해질 수 있고
懦夫可以立.	나약한 자가 뜻을 세울 수 있을 것이다.
豈止仁義可蹈,	어찌 인의를 따를 만하다거나
抑乃爵祿可辭.	아니면 벼슬을 사양할 만한 데에서 그치겠는가.
不必旁遊太華,	두루 태산과 화산에서 노닐고
遠求柱史,[36]	멀리 노자에게서 구할 필요가 없으리니,
此亦有助於風敎也.	이 또한 풍속과 교화에 도움이 있을 것이다.

36 주사(柱史): 주하사(柱下史)의 준말이다. 노자가 일찍이 주(周)나라 주하사의 벼슬을 지내, 노자의 별칭으로 쓰인다.

3

「도연명전(陶淵明傳)」

남조 양(梁) 소통(蕭統, 501~531)[1]

❖— 해제

남조 양(梁) 심약(沈約, 441~513)이 편찬한 『송서(宋書)·은일전(隱逸傳)·도잠(陶潛)』의 기록을 요약한 것이다. 내용이 심약의 기술과 대동소이하지만, 소통이 처음으로 『도연명집(陶淵明集)』을 편찬하고 올린 전기라는 문학사적 의의가 있다.

陶淵明字元亮,	도연명은 자가 원량인데,
或云,	어떤 사람은 이르기를,
潛字淵明.	"도잠은 자가 연명이다."라고 하였다.[2]
潯陽柴桑人也,	심양 시상 사람으로,
曾祖侃,	증조부 도간은
晉大司馬.	진나라 대사마를 지냈다.

1 소통(蕭統): 남조 양(梁) 무제(武帝)의 태자로, 자가 덕시(德施)이고 시호가 소명(昭明)이다. 학문을 좋아하고 현명했으나 일찍 죽었다. 처음으로 『도연명집(陶淵明集)』을 편집했으나 현전하지 않고 「서문」과 「도연명전」만이 전한다. 중국 최초의 시문(詩文) 선집인 『문선(文選)』을 편찬하였다.

淵明少有高趣,	도연명은 젊어서부터 고상한 뜻이 있었으며,
博學善屬文.	박학하였고 글을 잘 지었다.
穎脫不群,	세속에서 벗어나 무리와 어울리지 않은 채
任眞自得.	진솔함에 맡겨 스스로 편안하였다.
嘗著五柳先生傳,	일찍이 「오류선생전」을 지어
以自況,	자신을 비유하였는데,
時人謂之實錄.	당시 사람들이 그것을 사실의 기록이라고 하였다.

親老家貧,	모친은 늙고 집안은 가난하여,
起爲州祭酒,[3]	나서서 강주(江州)의 좨주가 되었으나
不堪吏職,	관직을 감당하지 못해
少日自解歸.	며칠 안 되어 스스로 사직하고 집으로 돌아갔다.
州召主簿,[4]	강주에서 주부로 불렀으나
不就,	나아가지 않고
躬耕自資,	몸소 농사를 지어 자급하다가

2 도연명의 이름과 자에 관하여 역대로 여러 주장이 제기되었다. 그 중에서 가장 타당성이 있는 주장을 소개하면, 이름은 진대(晋代)에는 연명(淵明)이었고, 송대(宋代)로 들어와 잠(潛)으로 개명하였다. 자는 원량(元亮)이다. 「오류선생전(五柳先生傳)」을 짓고 '오류선생(五柳先生)'이라 자호하였다. 사후에 안연지가 「도징사뢰」를 짓고 '정절선생(靖節先生)'이라는 사시(私謚)를 바쳤다. 이 외에도 '심명(深明)' 혹은 '천명(泉明)'이라는 호칭이 있는데, 당(唐)나라 사람들이 당 고조(高祖) 이연(李淵)의 '연(淵)'자를 피휘하여 바꾼 것이다.

3 좨주(祭酒): 학교 교육을 주관하는 직책이다.

4 주부(主簿): 한나라 이후로 문서 처리를 관장하는 속관으로, 중앙 및 지방의 각 행정 기관에 모두 설치하였다.

遂抱羸疾.	드디어 쇠약해져 병을 갖게 되었다.
江州刺史檀道濟[5]往候之,	강주자사 단도제가 찾아갔는데
偃臥瘠餒有日矣.	여위고 굶주린 채 누워 있었던 것이 여러 날이 되었다.
道濟謂曰,	단도제가 이르기를,
賢者處世,	"현자가 처세하는 것은
天下無道則隱,	천하에 도가 없으면 은거하고
有道則至.	도가 있으면 나온다고 하였습니다.
今子生文明之世,	지금 그대는 교화가 이루어진 세상에 살면서
奈何自苦如此?	어찌하여 이처럼 스스로 고생을 하시는지요?" 라고 하자
對曰,	대답하기를,
潛也何敢望賢.	"제가 어찌 감히 현자를 기대하겠습니까.
志不及也.	뜻이 미치지 못합니다."라고 하였다.
道濟饋以粱肉,	단도제가 곡식과 고기를 선물하였으나
麾而去之.	손을 내저어 물리쳤다.
後爲鎭軍建威參軍.[6]	뒤에 진군참군과 건위참군이 되었다.

5 단도제(檀道濟): 남조 송(宋) 고평(高平) 출신으로 정남대장군(征南大將軍), 사공(司空) 등을 역임하였다. 유유(劉裕)의 장수로서 상당한 전공을 세웠으나 조정에서 시기를 받아 살해되었다.

6 참군(參軍): 한나라 이후로 왕부(王府)나 장수·사신·자사·태수 휘하에서 군무(軍務)를 참모(參謀)하던 벼슬이다.

謂親朋曰,	친구들에게 이르기를,
聊欲絃歌[7],	"그런대로 현령이나 하면서
以爲三徑[8]之資,	은거의 비용을 마련하고자 하는데
可乎?	그럴 수 있을까?"라고 하자
執事者聞之,	담당자가 듣고
以爲彭澤令.	팽택현의 현령으로 삼았다.
不以家累自隨,	집안 식구들을 직접 데리고 가지 못하자
送一力給其子,	일꾼 한 명을 아들에게 보내주며
書曰,	편지를 썼는데,
汝旦夕之費,	"네가 아침저녁의 번거로운 일을
自給爲難.	직접 감당하기가 어려울 것이다.
今遣此力,	지금 이 일꾼을 보내
助汝薪水之勞.	너의 나무하고 물 긷는 노고를 돕도록 하겠다.
此亦人子也,	이 사람 또한 남의 집 자식이니
可善遇之.	잘 대우해 주는 것이 좋겠다."라고 하였다.

7 현가(絃歌): 공자의 제자 자유(子游)가 무성(武城)의 수령이 되어 현가(絃歌)로 백성들을 교화한 일에서 유래하여, 현령으로 임명되는 말로 쓰이게 되었다.[『논어·양화(陽貨)』, "공자가 무성에 가서 거문고에 맞추어 노래 부르는 소리를 들었다. 공자가 미소 지으며 말씀하기를, '닭을 잡는 데 어찌 소 잡는 칼을 쓰는가.'라고 하였다.(子之武城, 聞弦歌之聲. 夫子莞爾而笑曰, 割鷄, 焉用牛刀.)"]

8 삼경(三徑): 한대(漢代)의 장후(蔣詡)가 은거하면서 집 앞의 대나무밭에 세 갈래의 길을 만들고, 은사인 구중(求仲), 양중(羊仲) 두 사람하고만 교류한 고사에서 따온 말로, 은거 생활을 비유한다.

公田,	관청의 전답에,
悉令吏種秫曰,	아전들에게 명하여 모두 차조를 심게 하면서 이르기를,
吾常得醉于酒,	"내가 늘 술에 취할 수만 있다면
足矣.	만족하겠다."라고 하였다.
妻子固請種秔,	아내가 메벼를 심을 것을 간청하자
乃使二頃五十畝種秫,	결국 2경 50무에는 차조를 심고
五十畝種秔.	50무에 메벼를 심게 하였다.
歲終會郡遣督郵[9]至,	연말에 마침 군청에서 독우를 파견하여 이르자
縣吏請曰,	현의 아전이 청하기를,
應束帶見之.	"관디를 매고 그를 뵈어야 합니다."라고 하였다.
淵明歎曰,	도연명이 탄식하면서 말하기를,
我豈能爲五斗米,	"내가 어찌 다섯 말의 녹봉을 위하여
折腰向鄕里小兒.	허리를 굽히고 시골의 소인배를 맞이할 수 있겠는가."라 하고는
即日解綬去職,	그날로 인끈을 풀고 관직에서 떠나
賦歸去來.	「귀거래혜사」를 지었다.
徵著作郎,	저작랑으로 초빙되었으나
不就.	나아가지 않았다.

9 독우(督郵): 태수(太守)의 보좌관으로 속현(屬縣)을 관할·순찰하며 관리의 과실을 조사하는 업무를 맡았다.

江州刺史王宏[10]欲識之,	강주자사 왕홍(王弘)이 그와 알고 지내고자 하였으나
不能致也.	불러올 수 없었다.
淵明嘗往廬山,	도연명이 한번은 여산을 가는데
宏命淵明故人龐通之,[11]	왕홍이 도연명의 친구인 방통지를 시켜
齎酒具於半道栗里之間,	중간인 율리 즈음에 술 마실 채비를 가지고 가서
要之.	그를 기다리게 하였다.
淵明有脚疾,	도연명은 다리에 병이 있어
使一門生二兒舁籃輿,[12]	같은 문하생인 두 아이에게 남여를 메게 하였는데,
旣至,	(방통지가 먼저 와서 기다리던 곳에 도연명이) 이른 뒤에
欣然便共飮酌.	기쁘게 곧바로 함께 술잔을 주고받았다.
俄頃宏至,	잠시 후에 왕홍이 도착하였고
亦無迕也.	역시 거슬리는 것이 없었다.

10 왕굉(王宏): 동진(東晉)과 남조 송(宋)에 걸쳐 시중, 사도, 태보(太保) 등 고위직을 역임한 왕홍(王弘)으로, 자가 휴원(休元)이다. 일찍이 강주자사(江州刺史)로 재직하고 있을 때 도연명과 교류하고자 하여 여러 차례 술을 보내주었다고 한다. 도주(陶澍, 1778~1839)의 『도연명전집(陶淵明全集)』에서는 청(淸) 제6대 황제인 건륭제(乾隆帝)의 이름인 홍력(弘曆)을 피휘하여 왕홍(王弘)을 왕굉(王宏)으로 썼다. 여기서는 소통의 원본대로 왕홍으로 번역하였다.

11 방통지(龐通之): 내력이 자세하지 않다.

12 남여(籃輿): 대나무로 만든 작은 가마이다.

先是,	이보다 앞서
顔延之爲劉柳[13]後軍功曹,[14]	
	안연지가 유유의 후군공조가 되어
在潯陽,	심양에 있으면서
與淵明情款.	도연명과 사이가 좋았다.
後爲始安郡,	뒤에 시안군을 다스리게 되어
經過潯陽,	지나는 길에 심양에 들렀고
日造淵明飮焉,	매일 도연명을 찾아가 술을 마셨는데,
每往,	갈 때마다
必酣飮致醉.	반드시 거나하게 마셔 취하곤 하였다.
宏欲要延之坐,	왕홍은 안연지를 초대하여 자리를 갖고자 하였으나
彌日不得.	종일토록 만나지 못하였다.

延之臨去,	안연지가 떠나면서
留二萬錢與淵明,	2만 전을 도연명에게 주고 가자
淵明悉遣送酒家,	도연명은 모두 술집에 보내고
稍就取酒.	이따금씩 가서 술을 받아 왔다.
嘗九月九日,	한번은 9월 9일[중양절(重陽節)]에

13 유유(劉柳): 동진(東晉) 사람으로 서주(徐州), 연주(兗州), 강주(江州)의 자사를 역임하였다.

14 공조(功曹): 자사나 태수를 도와 문서를 관장하는 속관 이름이다. 한나라 때는 공조라 하였고 북제(北齊) 이후로는 공조참군(功曹參軍)이라고 하였다.

出宅邊菊叢中坐久之, 집 가에 있는 국화꽃 가운데에 나가서 한참 동안 앉아

滿手把菊, 손에 가득 국화를 쥐고 있었는데,

忽值宏送酒至, 홀연 왕홍이 술을 보내어 이르자

即便就酌, 곧바로 가져다 마셨고

醉而歸. 취하여 귀가하였다.

淵明不解音律, 도연명은 음률을 잘 알지 못했지만

而蓄無絃琴一張. 줄 없는 거문고 하나를 가지고 있었다.

每酒適, 매번 술이 거나해지면

輒撫弄以寄其意. 번번이 그것을 어루만지며 자신의 뜻을 기탁하였다.

貴賤造之者, 귀한 이나 천한 이를 막론하고 그를 찾아가면

有酒輒設, 술을 마련하여 번번이 차려냈는데,

淵明若先醉, 도연명은 만약 먼저 취하면

便語客, 바로 손님에게 말하기를,

我醉欲眠卿可去. "내가 취해서 자고 싶으니 그대는 가는 것이 좋겠소."라고 하였으니

其眞率如此. 그의 진솔함이 이와 같았다.

郡將常[15]候之, 군청에서 사람을 보내 일찍이 그에게 안부하게 하였는데,

值其釀熟, 마침 술이 익었을 때가 되자

15 상(常): '상(嘗)'과 통하여 '일찍이'의 뜻이다.

取頭上葛巾漉酒,	머리 위의 갈건을 벗어 술을 걸렀고,
漉畢,	다 거르자
還復著之.	다시 그것을 썼다.

時周續之[16]入廬山,	당시에 주속지는 여산에 들어가
事釋惠遠[17],	승려 혜원을 섬겼고
彭城劉遺民[18]亦遯迹匡山,[19]	팽성의 유유민 역시 여산에 은둔해 있었으며
淵明又不應徵命,	연명도 조정의 초빙에 응하지 않자,
謂之潯陽三隱.	그들을 일러 '심양삼은'이라고 하였다.
後刺史檀韶[20]苦請續之出州,	뒤에 자사 단소가 주속지에게 주(州)로 나올 것을 간청하자

16 주속지(周續之): 동진(東晉) 안문(雁門) 출신으로 자가 도조(道祖)이다. 학문에 출중했으며, 유유민(劉遺民)과 함께 여산에 은거하면서 도연명과 더불어 '심양삼은(潯陽三隱)'으로 불리던 인물이다.

17 혜원(慧遠): 동진(東晉)의 승려로 속성(俗姓)이 가(賈)이다. 스승 도안(道安)에게서 반야학(般若學)을 공부하였고 여산(廬山)에서 수도하면서 정토종(淨土宗)을 열었다. 동림사(東林寺)에서 백련사(白蓮社)를 조직하고 수행하였다.

18 유유민(劉遺民): 동진 팽성(彭城) 출신으로 자가 중사(仲思)이다. 이름은 정지(程之)이고 유민(遺民)은 그의 호이다. 시상현령(柴桑縣令)을 지냈다. 뒤에 여산에 은거하면서 혜원의 백련사에 참여하였다.

19 광산(匡山): 여산(廬山)의 다른 이름이다.

20 단소(檀韶): 남조 진송(晉宋) 시기 고평(高平) 출신으로 자가 영손(令孫)이다. 유유(劉裕)를 따라 환온(桓溫), 노순(盧循)의 토벌에 참여하여 공을 세웠고 강주자사(江州刺史)를 역임하였다.

與學士祖企謝景夷三人,	학사인 조기, 사경이와 더불어 세 사람이
共在城北講禮,	함께 성북에서 예를 강론하고
加以講校.	더욱이 교감까지 하였다.
所住公廨,	머무르던 공관이
近於馬隊,	말 시장에 가까웠기 때문에
是故淵明示其詩云,	도연명이 시를 써서 보이기를,
周生述孔業,	"주 선생이 공자의 학설을 전하자,
祖謝響然臻.	조기와 사경이가 메아리 호응하듯 이르렀다지.
馬隊非講肆,	말 시장은 강론할 곳이 아닌데도,
校書亦已勤.	책의 교감에도 너무나 부지런하시다지."[21] 라고 하였다.

其妻翟氏亦能安勤苦,	그의 아내 적씨 또한 부지런히 애쓰는 것에 편안할 수 있어서
與其同志.	그와 뜻을 같이하였다.
自以曾祖晉世宰輔,[22]	스스로 생각하기에, 증조부가 진대(晉代)의 재상이었기 때문에
恥復屈身後代,	후대에 다시 몸을 굽히는 것을 부끄럽게 여겨,

---

21 시의 제목은 「주속지, 조기, 사경이 세 사람에게 보인다(示周續之祖企謝景夷三郎)」이다.

22 재보(宰輔): 재상의 별칭이다. 보상(輔相), 재신(宰臣), 재집(宰執), 태보(台輔) 등 다양한 명칭이 있다.

自宋高祖王業漸隆,	남조 송 고조[유유(劉裕)]의, 왕위에 오르는 대업이 점차 무르익자
不復肯仕.	더 이상 벼슬하려 하지 않았다.
元嘉[23]四年,	원가 4년(427)에
將復徵命,	장차 다시 조정에서 초빙하려고 하였는데
會卒.	마침 죽었다.
時年六十三.	당시 나이가 63세였다.
世號靖節先生.	세간에서 '정절선생(靖節先生)'이라고 시호를 지었다.[24]

23 원가(元嘉): 남조 송(宋) 문제(文帝)의 연호(424~453)이다.

24 안연지(顔延之)가 도연명이 죽자 「도징사뢰(陶徵士誄)」를 짓고 '정절선생(靖節先生)'이라는 사시(私謚)를 올렸다.

4

『송서(宋書)·은일전(隱逸傳)·도잠(陶潛)』

남조 양(梁) 심약(沈約, 441~513)[1]

❖ — **해제**

심약이 편찬한 『송서·은일전』에 실려 있는 도연명의 전기이다. 처음으로 정사(正史)에 도연명의 전기를 저록하였다는 역사적 의미가 있다. 도연명의 전기는 이 외에도 당 방현령(房玄齡, 579~648)이 편찬한 『진서(晉書)』와 당 이연수(李延壽)가 편찬한 『남사』에도 전하는데 내용이 대동소이하다. 『송서』 이하, 『진서』, 『남사』의 「도잠전」은 북경(北京) 중화서국(中華書局) 1974년 초판을 저본으로 하였다.

陶潛字淵明,	도잠은 자가 연명인데,
或云,	어떤 사람은 이르기를,
淵明字元亮.	"연명은 자가 원량이다."라고 하였다.
尋陽柴桑人也,	심양 시상 사람으로,
曾祖侃,	증조부 도간(陶侃)[2]은

1 심약(沈約): 남조 양(梁)의 문학가이자 사학가로 자가 휴문(休文)이다. 이부상서(吏部尙書), 태자소부(太子少傅) 등을 역임하였다. 사성론(四聲論)과 팔병설(八病說)을 제기하여 근체시(近體詩) 형성의 기틀을 마련하였다.

2 도간(陶侃): 동진(東晉) 여강(廬江) 출신으로 자가 사행(士行)이다. 형주자사(荊州刺史), 팔주제군사(八州諸軍事)를 역임하였다.

晉大司馬. 진나라 대사마를 지냈다.

潛少有高趣, 도잠은 젊어서부터 고상한 뜻이 있었는데,

嘗著五柳先生傳, 일찍이 「오류선생전」을 지어

以自況曰. 자신을 비유하였다.

「오류선생전(五柳先生傳)」 원문 · 역주 생략 [p. 104 참조]

其自序如此, 그가 직접 서술한 것이 이와 같았는데,

時人謂之實錄. 당시 사람들은 그것을 사실의 기록이라고 하였다.

親老家貧, 모친은 늙고 집안은 가난하여,

起爲州祭酒, 나서서 강주(江州)의 좨주가 되었으나

不堪吏職, 관직을 감당하지 못해

少日自解歸. 며칠이 안 되어 스스로 사직하고 집으로 돌아갔다.

州召主簿, 강주에서 주부로 불렀으나

不就. 나아가지 않고

躬耕自資, 몸소 농사를 지어 자급하다가

遂抱羸疾. 드디어 쇠약해져 병을 갖게 되었다.

復爲鎭軍建威參軍. 다시 진군참군과 건위참군이 되었다.

謂親朋曰, 친구들에게 이르기를,

聊欲弦歌[3], "그런대로 현령이나 하면서

以爲三徑之資, 은거의 비용을 마련하고자 하는데

可乎? 그럴 수 있을까?"라고 하자

執事者聞之,	담당자가 듣고
以爲彭澤令.	팽택현의 현령으로 삼았다.
公田,	관청의 전답에,
悉令吏種秫稻.	아전들에게 명하여 모두 차조를 심게 하자
妻子固請種秔,	아내가 메벼를 심을 것을 간청하였다.
乃使二頃五十畝種秫,	결국 2경 50무에는 차조를 심고
五十畝種秔.	50무에 메벼를 심게 하였다.
郡遣督郵[4]至,	군청에서 독우를 파견하여 이르자,
縣吏白應束帶見之.	현의 아전이 관디를 매고 그를 뵈어야 한다고 아뢰었다.
潛嘆曰,	도잠이 탄식하면서 말하기를,
我不能爲五斗米,	"나는 다섯 말의 녹봉을 위하여
折腰向鄕里小人.	허리를 굽히고 시골의 소인배를 맞이할 수 없다."라 하고
即日解印綬去職.	그날로 인끈을 풀고 관직에서 떠났다.
賦歸去來,	「귀거래혜사」를 지었는데
其詞曰.	그 가사가 다음과 같다.

3 현가(弦歌): 공자의 제자 자유(子游)가 무성(武城)의 수령이 되어 현가(弦歌)로 백성들을 교화한 일에서 유래하여, 현령으로 임명되어 나감을 이르는 말로 쓰이게 되었다.[『논어·양화(陽貨)』, "공자가 무성에 가서 거문고에 맞추어 노래 부르는 소리를 들었다. 공자가 미소 지으며 말씀하였다. '닭을 잡는 데 어찌 소 잡는 칼을 쓰는가.'(子之武城, 聞弦歌之聲, 夫子莞爾而笑曰, 割鷄, 焉用牛刀.)"]

4 독우(督郵): 태수(太守)의 보좌관으로 속현(屬縣)을 관할·순찰하며 관리의 과실을 조사하는 업무를 맡았다.

「귀거래혜사(歸去來兮辭)」 원문·역주 생략 [p. 47 참조]

義熙[5]末徵著作佐郎,	의희 말기에 저작좌랑으로 초빙되었으나
不就.	나아가지 않았다.
江州刺史王弘[6]欲識之,	강주자사 왕홍이 그와 알고 지내고자 하였으나
不能致也.	불러 올 수 없었다.
潛嘗往廬山,	도잠이 한번은 여산을 가는데
弘令潛故人龐通之齎酒具於半道栗里,	왕홍이 도잠의 친구인 방통지를 시켜 중간 지점인 율리에 술 마실 채비를 가지고 가서
要之.	그를 기다리게 하였다.
潛有脚疾,	도잠은 다리에 병이 있어
使一門生二兒輿籃輿,[7]	같은 문하생인 두 아이에게 남여를 메게 하였는데,
旣至,	(방통지가 먼저 와서 기다리던 곳에 도연명이) 이른 뒤에
欣然便共飮酌,	기뻐하면서 곧바로 함께 술잔을 주고받았다.
俄頃弘至,	잠시 후에 왕홍이 도착하였고
亦無忤也.	역시 거슬리는 것이 없었다.

5 의희(義熙): 진(晉) 안제(安帝)의 연호(405~418)이다.

6 왕홍(王弘): 동진(東晉) 낭야(琅邪) 출신으로 자가 휴원(休元)이다. 동진과 남조 송(宋)에 걸쳐 시중, 사도, 태보(太保) 등 고위직을 역임하였다. 일찍이 강주자사(江州刺史)로 재직하고 있을 때 도연명과 교류하고자 하여 여러 차례 술을 보내주었다고 한다. 유유(劉裕)에게 인정받아 송(宋)에 들어와서도 사공(司空), 시중(侍中) 등의 중책을 맡았다.

7 남여(籃輿): 대나무로 만든 작은 가마이다.

先是, 이보다 앞서

顔延之爲劉柳[8]後軍功曹,

안연지가 유유의 후군공조가 되어

在尋陽, 심양에 있으면서

與潛情款. 도잠과 사이가 좋았다.

後爲始安郡, 뒤에 시안군을 다스리게 되어

經過, 지나는 길에 들러서

日日造潛, 매일 도잠을 찾아갔고

每往必酣飮致醉. 찾아갈 때마다 반드시 거나하게 마셔 취하곤 하였다.

臨去, 떠나면서

留二萬錢與潛, 2만 전을 도잠에게 주고 가자

潛悉送酒家, 도잠은 모두 술집에 보내고

稍就取酒. 이따금씩 가서 술을 받아 왔다.

嘗九月九日無酒, 한번은 9월 9일[중양절(重陽節)]에 술이 없어

出宅邊菊叢中坐久, 집 가에 있는 국화꽃 가운데에 나가서 한참 동안 앉아 있었는데,

値弘送酒至, 마침 왕홍이 술을 보내어 이르자

即便就酌, 곧바로 가져다 마셨고

醉而後歸. 취한 뒤에 귀가하였다.

---

8 유유(劉柳): 동진(東晉) 사람으로 서주(徐州), 연주(兗州), 강주(江州)의 자사를 역임하였다.

潛不解音聲,	도잠은 음률을 잘 알지 못했지만
而畜素琴一張,	소박한 거문고 한 틀을 가지고 있었는데
無絃.	줄이 없었다.
每有酒適,	매번 술이 거나해지면
輒撫弄以寄其意.	번번이 그것을 어루만지며 자신의 뜻을 기탁하였다.
貴賤造之者,	귀한 이나 천한 이를 막론하고 그를 찾아가면
有酒輒設,	술을 마련하여 번번이 차려냈는데,
潛若先醉,	도잠은 만약 먼저 취하면
便語客,	바로 손님에게 말하기를,
我醉欲眠卿可去.	"내가 취해서 자고 싶으니 그대는 가는 것이 좋겠소."라고 하였으니
其眞率如此.	그의 진솔함이 이와 같았다.
郡將候潛,	군청에서 사람을 보내 도잠에게 안부하게 하였는데,
値其酒熟,	마침 술이 익었을 때가 되자
取頭上葛巾漉酒,	머리 위의 갈건을 벗어 술을 걸렀고,
畢,	끝나자
還復著之.	다시 그것을 썼다.
潛弱年薄宦,	도잠은 젊은 시절에 낮은 관직에 있었지만
不潔去就[9]之迹.	벼슬길에 나서는 발걸음을 탐탁하게 여기지 않았다.
自以曾祖晉世宰輔,[10]	스스로 생각하기를, 증조부가 진대(晉代)의 재

	상이었기 때문에
恥復屈身後代,	후대에 다시 몸을 굽히는 것을 부끄럽게 여겨,
自高祖王業漸隆,	남조 송(宋) 고조[유유(劉裕)]의, 왕위에 오르는 대업이 점차 무르익자
不復肯仕.	더 이상 벼슬하려 하지 않았다.

所著文章,	짓는 글들은
皆題其年月,	모두 그때의 연도와 달을 썼는데,
義熙[11]以前,	의희 이전은
則書晉氏年號,	진대의 연호를 썼고,
自永初[12]以來,	영초 이후로는
唯云甲子而已.	오직 갑자를 썼을 뿐이었다.
與子書以言其志,	아들들에게 글을 써서 자신의 뜻을 말하고
幷爲訓戒曰.	아울러 훈계하였으니, 내용이 다음과 같다.

「여자엄등소(與子儼等疏)」 원문 · 역주 생략 [p. 134 참조]

又爲命子詩,	또 「명자」라는 시를 지어
以貽之曰.	그들에게 주었으니, 내용이 다음과 같다.

9 거취(去就): 편의복사(偏義複詞)로 '취(就)'에 뜻이 있다.

10 재보(宰輔): 재상의 별칭이다. 보상(輔相), 재신(宰臣), 재집(宰執), 태보(台輔), 단규(端揆) 등 다양한 명칭이 있다.

11 의희(義熙): 진(晉) 안제(安帝)의 연호(405~418)이다.

12 영초(永初): 남조 송(宋) 무제(武帝)의 연호(420~422)이다.

「명자(命子)」 원문 · 역주 생략 [p. 143 참조]

潛元嘉[13]四年卒,	도잠은 원가 4년(427)에 죽었는데,
時年六十三.	당시 나이가 63세였다.

13 원가(元嘉): 남조 송(宋) 문제(文帝)의 연호(424~453)이다.

5

『진서(晉書)·은일전(隱逸傳)·도잠(陶潛)』

당(唐) 방현령(房玄齡, 579~648)[1]

❖— **해제**

당 방현령이 편찬한 『진서』에 실려 있는 도연명의 전기이다. 심약이 편찬한 『송서』의 「도잠전」이나 소통이 기술한 「도연명전」과 내용이 대동소이하지만 간간이 새로운 내용이나 일화가 추가되어 있다. 앞 전기들의 미진한 부분을 보충한 점에서 의미가 있다고 여겨 전문을 역주하였다.

陶潛字元亮,	도잠은 자가 원량으로,
大司馬侃之曾孫也.	대사마 도간(陶侃)[2]의 증손이다.
祖茂,	조부 도무(陶茂)는
武昌太守.	무창태수를 지냈다.
潛少懷高尙.	도잠은 젊어서부터 고상한 뜻을 지녔다.

1 방현령(房玄齡): 당(唐) 제주(齊州) 출신으로 자가 교(喬)이다. 15년 동안 재상으로 있으면서 태종(太宗)을 도와 정관지치(貞觀之治)를 이루었다. 왕명으로 『진서(晉書)』를 중찬(重撰)하였다.

2 도간(陶侃): 동진(東晉) 여강(廬江) 출신으로 자가 사행(士行)이다. 형주자사(荊州刺史), 팔주제군사(八州諸軍事)를 역임하였다.

博學善屬文,	박학하였고 글을 잘 지었으며,
穎脫不羈.	세속에서 벗어나 얽매이지 않았다.
任眞自得,	진솔함에 맡겨 스스로 편안하였으며
爲鄕隣之所貴.	고을의 이웃들에게 존경을 받았다.
嘗著五柳先生傳,	일찍이 「오류선생전」을 지어
以自況曰.	자신을 비유하였다.

「오류선생전(五柳先生傳)」 원문·역주 생략 [p. 104 참조]

其自序如此,	그가 직접 서술한 것이 이와 같았는데,
時人謂之實錄.	당시 사람들이 그것을 사실의 기록이라고 하였다.

以親老家貧,	모친은 늙고 집안은 가난하였기 때문에,
起爲州祭酒,	나서서 강주(江州)의 좨주가 되었으나
不堪吏職,	관직을 감당하지 못해
少日自解歸.	며칠 안 되어 스스로 사직하고 집으로 돌아갔다.
州召主簿,	강주에서 주부로 불렀으나
不就,	나아가지 않고
躬耕自資,	몸소 농사를 지어 자급하다가
遂抱羸疾.	드디어 쇠약해져 병을 갖게 되었다.
復爲鎭軍建威參軍.	다시 진군참군과 건위참군이 되었다.
謂親朋曰,	친구들에게 이르기를,
聊欲絃歌,[3]	"그런대로 현령이나 하면서

以爲三徑之資,	은거의 비용을 마련하고자 하는데
可乎?	그럴 수 있을까?"라고 하자
執事者聞之,	담당자가 듣고
以爲彭澤令.	팽택현의 현령으로 삼았다.
在縣,	현에 있으면서
公田,	관청의 전답에,
悉令種秫穀曰,	아전들에게 명하여 모두 차조를 심게 하고 이르기를,
令吾常醉於酒,	"만약 내가 늘 술에 취할 수만 있다면
足矣.	만족하겠다."라고 하였다.
妻子固請種秔,	아내가 메벼를 심을 것을 간청하자
乃使一頃五十畝種秫,	이에 2경 50무에는 차조를 심고
五十畝種秔.	50무에 메벼를 심게 하였다.

素簡貴,	평소에 오만하고 고귀하여
不私事上官.	사사로이 고관들을 섬기지 않았다.
郡遣督郵[4]至,	군청에서 독우를 파견하여 이르자,

3 현가(弦歌): 공자의 제자 자유(子游)가 무성(武城)의 수령이 되어 현가(弦歌)로 백성들을 교화한 일에서 유래하여, 현령으로 임명되어 나감을 이르는 말로 쓰이게 되었다.[『논어·양화(陽貨)』, "공자가 무성에 가서 거문고에 맞추어 노래 부르는 소리를 들었다. 공자가 미소 지으며 말씀하였다. '닭을 잡는 데 어찌 소 잡는 칼을 쓰는가.'(子之武城, 聞弦歌之聲, 夫子莞爾而笑曰, 割鷄, 焉用牛刀.)"]

4 독우(督郵): 태수(太守)의 보좌관으로 속현(屬縣)을 관할·순찰하며 관리의 과실을 조사하는 업무를 맡았다.

縣吏白應束帶見之.	현의 아전이 관디를 매고 그를 뵈어야 한다고 아뢰었다.
潛嘆曰,	도잠이 탄식하면서 말하기를,
吾不能爲五斗米,	"나는 다섯 말의 녹봉을 위하여
折腰,	허리를 굽히고
拳拳事鄕里小人邪.	굽실거리며 시골의 소인배를 섬길 수 없다."라고 하였다.

義熙[5]二年,[6]	의희 원년(405)에
解印去縣.	인끈을 풀고 현을 떠났다.
乃賦歸去來,	마침내 「귀거래혜사」를 지었는데
其辭曰,	그 가사가 다음과 같다.

「귀거래혜사(歸去來兮辭)」 원문 · 역주 생략 [p. 47 참조]

頃之,	얼마 뒤에
徵著作郎,	저작랑으로 초빙되었으나
不就.	나아가지 않았다.
旣絶州郡覲謁,	주와 군의 사람들 만나는 일을 끊었지만

5 의희(義熙): 진(晉) 안제(安帝)의 연호(405~418)이다.

6 '二年'은 '元年'의 오류이다.[「귀거래혜사(歸去來兮辭)」서문(序文), "글에 제목을 정하기를, 「귀거래」라고 하였다. 을사년(405) 11월에 서문을 쓴다.(命篇曰, 歸去來. 序乙巳歲十一月也.)"]

其鄉親張野[7]及周旋人羊松齡[8]·龐遵[9]等,
고향 친구인 장야, 교류하던 양송령·방준 등이

或有酒要之. 간혹 술을 마련하여 초대하였다.

或要之共至酒坐, 간혹 초대하여 함께 술자리에 가면

雖不識主人, 비록 주인과 아는 사이가 아니라도

亦欣然無忤, 또한 기쁜 마음으로 거슬림이 없었고,

酣醉便反. 거나하게 취하면 곧 돌아갔다.

未嘗有所造詣, 일찍이 찾아가는 곳이 없었고

所之, 가는 곳은

唯至田舍及廬山, 오로지 농막이나 여산에 이르러

遊觀而已. 둘러보는 것뿐이었다.

刺史王弘以元熙[10]中臨州,
자사 왕홍이 원희 연간에 주에 부임하였는데,

甚欽遲之, 도잠을 매우 공경하고 우러렀다.

後自造焉, 뒤에 직접 찾아갔으나

潛稱疾不見. 도잠은 병을 핑계로 만나 주지 않았다.

旣而語人云, 얼마 뒤에 사람들에게 말하기를,

我性不狎世, "나는 본성이 세속에 영합하지 않는 데다가

7 장야(張野): 진(晉) 시상(柴桑) 출신으로 자가 내민(萊民)이다. 범어(梵語)에 능통하였고 도연명과 사돈간이었다.

8 양송령(羊松齡): 내력이 자세하지 않다.

9 방준(龐遵): 내력이 자세하지 않다.

10 원희(元熙): 진(晉) 공제(恭帝)의 연호(419~420)이다.

因疾守閑, 병으로 한적함을 지키는 것이지,

幸[11]非潔志慕聲. 본래 뜻을 고결하게 하고 명성을 바라는 것이 아니다.

豈敢以王公紆軫爲榮邪. 어찌 감히 왕홍의 왕림을 영예로 여기겠는가.

夫謬以不賢, (나의) 현명하지 못함으로 일을 그르친다면

此劉公幹[12]所以招謗君子, 이것은 유공간이 (지적한) '군자께 비방을 불러오는 것이니,

其罪不細也. 그 잘못이 작지 않습니다.'라고 한 것이다."라고 하였다.[13]

弘每令人候之, 왕홍은 매번 사람을 시켜 도잠을 찾아 뵙게 하다가

密知當往廬山. 도잠이 장차 여산에 갈 것을 몰래 알았다.

乃遣其故人龐通之等齎酒, 이에 도잠의 친구인 방통지 등을 시켜 술을 가지고 가서

先於半道要之. 먼저 중간에서 그를 기다리게 하였다.

---

11 행(幸): '본디', '본래'의 뜻이다.

12 유공간(劉公幹): 삼국시대 위(魏) 동평(東平) 출신의 유정(劉楨)으로 자가 공간(公幹)이다. 건안칠자(建安七子)의 한 사람으로 조조 아래에서 승상연속(丞相掾屬)을 지냈다.

13 조식(曹植)이 훌륭한 인물인 형옹(邢顒)을 소홀히 대하자 유정이 그를 잘 대우할 것을 간언한 고사이다.[『삼국지 · 위지(魏志) · 형옹전(邢顒傳)] 도연명은 이 전고의 의미를 뒤집어, 무능한 자신을 벼슬자리에 초빙하려고 하지 말 것을 암시한 것이다.

潛旣遇酒,	도잠이 술을 만나자
便引酌野亭,	바로 들판의 정자에서 술잔을 들었고
欣然忘進.	즐거워져 산에 갈 생각을 잊었다.
弘乃出與相見,	왕홍이 이때 나타나 서로 만났고
遂歡宴窮日.	마침내 종일토록 즐겁게 술자리를 가졌다.

潛無履,	도잠이 신발이 없자
弘顧左右爲之造履.	왕홍이 수행원을 돌아보며 그에게 신발을 만들어 주라고 하였다.
左右請履度,	수행원이 신발의 치수를 재겠다고 하자
潛便於坐申脚令度焉.	도잠은 바로 자리에서 다리를 뻗어 재게 하였다.
弘要之還州,	왕홍이 관사로 가자고 요청하며
問其所乘,	그가 타고 온 것을 묻자,
答云,	대답하기를,
素有脚疾,	"평소 다리에 병이 있어
向乘藍輿,[14]	아까 남여를 타고 왔는데,
亦足自反.	그것으로도 직접 돌아가기에 충분하오."라고 하였다.
乃令一門生二兒共轝之至州,	이윽고 같은 문하생인 두 아이에게 남여를 메게 하여 관사에 이르렀는데
而言笑賞適,	담소가 즐겁고 편안하였으며

14 남여(籃輿): 대나무로 만든 작은 가마이다.

不覺其有羨於華軒也.	화려한 수레에 대한 부러움이 있다고 느껴지지 않았다.
弘後欲見,	왕홍은 그 뒤에도 도잠을 만나고 싶으면
輒於林澤間候之,	번번이 숲이나 연못 즈음에서 기다렸고
至於酒米乏絕,	술이나 쌀이 떨어지면
亦時相贍.	또한 수시로 보내주었다.

其親朋好事,	그의 친구 가운데 관심 있는 이들이
或載酒肴而往,	간혹 술과 안주를 싣고 찾아가면
潛亦無所辭焉.	도잠도 역시 사양하는 경우가 없었다.
每一醉,	매번 한차례 취하면
則大適融然,[15]	매우 유쾌하고 화기애애하였다.
又不營生業,	또 생업에 힘쓰지 않아
家務悉委之兒僕.	집안일은 모두 하인들에게 맡겼다.
未嘗有喜慍之色,	일찍이 기뻐하거나 성내는 기색이 없었고
惟遇酒則飮,	그저 술을 만나면 마시고
時或無酒,	간혹 술이 없어도
亦雅詠不輟.	역시 우아하게 시 읊기를 그치지 않았다.
嘗言,	일찍이 말하기를,
夏月虛閑,	"여름철 조용하고 한가한 때
高臥北窗之下,	북쪽 창 아래에 편안하게 누워 있는데

15 융연(融然): 고상한 모양, 또는 화기애애한 모양이다.

淸風颯至,	시원한 바람이 갑자기 불어오면
自謂羲皇上人.	나 자신을 일러 복희(伏羲) 임금 이전의 사람이라고 했지."라고 하였다.

性不解音,	성향이 음률을 잘 알지 못했지만
而畜素琴一張,	소박한 거문고 한 틀을 가지고 있었는데
絃徽不具.	줄이 갖춰져 있지 않았다.
每朋酒之會,	매번 친구들과의 모임에서
則撫而和之曰,	그것을 어루만지며 화답하여 말하기를,
但識琴中趣,	"그저 거문고의 정취를 알면 될 것이지,
何勞絃上聲.	어찌 현 위의 소리로 수고로울 것이 있겠나."라고 하였다.

以[16]宋元嘉[17]中卒,	남조 송 원가 연간(427)에 죽었는데,
時年六十三.	당시 나이가 63세였다.
所有文集並行於世.	남아 있던 문집이 모두 세상에 전한다.

16 이(以): '우(于)'와 통하여 '~에'의 뜻으로, 시간이나 장소를 가리킨다.

17 원가(元嘉): 남조 송(宋) 문제(文帝)의 연호(424~453)이다.

6

『남사(南史)·은일전(隱逸傳)·도잠(陶潛)』

당(唐) 이연수(李延壽, 생졸년 미상)[1]

❖ — 해제

당 이연수가 편찬한 『남사(南史)』에 실려 있는 도연명의 전기이다. 심약이 편찬한 『송서』의 「도잠전」, 소통이 기술한 「도연명전」, 당 방현령이 편찬한 『진서』의 「도잠전」과 내용이 대동소이하지만 간간이 새로운 내용이나 일화가 추가되어 있다. 앞 전기들의 미진한 부분을 보충한 점에서 의미가 있다고 여겨 전문을 역주하였다.

陶潛字淵明,	도잠은 자가 연명인데,
或云,	어떤 사람은 이르기를,
字深明,	"자가 심명이고
名元亮.	이름이 원량이다."라고 하였다.
尋陽柴桑人,	심양 시상 사람으로,

1 이연수(李延壽): 당(唐) 농서(隴西) 출신의 사학자로 자가 하령(遐齡)이다. 태종(太宗) 시기에 숭현관학사(崇賢館學士)를 지내면서 『수서(隋書)』, 『진서(晉書)』 등의 편찬에 참여하였고 어사대주부겸직국사(御史臺主簿兼直國史)에 임명되었다. 643년부터 659년까지 16년간에 걸쳐 부친이 이대사(李大師)가 이루지 못한 『남사(南史)』와 『북사(北史)』의 편찬을 완성하였다.

晉大司馬侃之曾孫也.	진나라 대사마 도간의 증손이다.
少有高趣,	젊어서부터 고상한 뜻이 있었는데,
宅邊有五柳樹.	집 가에 다섯 그루의 버드나무가 있었다.
故常著五柳先生傳云.	그래서 일찍이 「오류선생전」을 지어 다음과 같이 읊었다.

「오류선생전(五柳先生傳)」 원문·역주 생략 [p. 104 참조]

其自序如此.	그가 직접 서술한 것이 이와 같았는데,
蓋以自況,	자신을 비유한 것으로
時人謂之實錄.	당시 사람들은 그것을 사실의 기록이라고 하였다.

親老家貧,	모친은 늙고 집안은 가난하여,
起爲州祭酒,[2]	나서서 강주(江州)의 좨주가 되었으나
不堪吏職,	관직을 감당하지 못해
少日自解而歸.	며칠 안 되어 스스로 사직하고 집으로 돌아갔다.
州召主簿,[3]	강주에서 주부로 불렀으나
不就,	나아가지 않고
躬耕自資,	몸소 농사를 지어 자급하다가
遂抱羸疾.	드디어 쇠약해져 병을 갖게 되었다.

2 좨주(祭酒): 학교 교육을 주관하는 직책이다.

3 주부(主簿): 한나라 이후로 문서 처리를 관장하는 속관으로 중앙 및 지방의 각 행정 기관에 모두 설치하였다.

江州刺史檀道濟[4]往候之,
강주자사 단도제가 찾아갔는데

偃臥瘠餒有日矣,
여위고 굶주린 채 누워 있었던 것이 여러 날이 되었다.

道濟謂曰,
단도제가 말하기를,

夫賢者處世,
"현자가 처세하는 것은

天下無道則隱,
천하에 도가 없으면 은거하고

有道則至.
도가 있으면 나온다고 하였습니다.

今子生文明之世,
지금 그대는 교화가 잘 이루어진 세상에 살면서

奈何自苦如此?
어찌하여 이처럼 스스로 고생을 하시는지요?" 라고 하자

對曰,
대답하기를,

潛也何敢望賢.
"제가 어찌 감히 현자를 기대하겠습니까.

志不及也.
뜻이 미치지 못합니다."라고 하였다.

道濟饋以粱肉,
단도제가 곡식과 고기를 선물하였으나

麾而去之.
손을 내저어 물리쳤다.

後爲鎭軍建威參軍.[5]
뒤에 진군참군과 건위참군이 되었다.

謂親朋曰,
친구들에게 이르기를,

---

4 단도제(檀道濟): 남조 송(宋) 고평(高平) 출신으로 정남대장군(征南大將軍), 사공(司空) 등을 역임하였다. 유유(劉裕)의 장수로서 상당한 전공을 세웠으나 조정에서 시기를 받아 살해되었다.

5 참군(參軍): 한나라 이후로 왕부(王府)나 장수·사신·자사·태수 휘하에서 군무(軍務)를 참모(參謀)하던 벼슬이다.

聊欲絃歌,[6] “그런대로 현령이나 하면서

以爲三徑[7]之資, 은거의 비용을 마련하고자 하는데

可乎? 그럴 수 있을까?”라고 하자

執事者聞之, 담당자가 듣고

以爲彭澤令. 팽택현의 현령으로 삼았다.

不以家累自隨, 집안 식구들을 직접 데리고 가지 못하자

送一力給其子, 일꾼 한 명을 아들에게 보내 주며

書曰, 편지를 썼는데,

汝旦夕之費, “네가 아침저녁의 번거로운 일을

自給爲難. 직접 감당하기가 어려울 것이다.

今遣此力, 지금 이 일꾼을 보내

助汝薪水之勞. 너의 나무하고 물 긷는 노고를 돕도록 하겠다.

此亦人子也, 이 사람 또한 남의 집 자식이니

可善遇之. 잘 대우해 주는 것이 좋겠다.”라고 하였다.

公田, 관청의 전답에,

---

6 현가(絃歌): 공자의 제자 자유(子游)가 무성(武城)의 수령이 되어 현가(絃歌)로 백성들을 교화한 일에서 유래하여, 현령으로 임명되어 나감을 이르는 말로 쓰이게 되었다.[『논어 · 양화(陽貨)』, “공자가 무성에 가서 거문고에 맞추어 노래 부르는 소리를 들었다. 공자가 미소 지으며 말씀하였다. ‘닭을 잡는 데 어찌 소 잡는 칼을 쓰는가.’(子之武城, 聞弦歌之聲, 夫子莞爾而笑曰, 割鷄, 焉用牛刀.)”]

7 삼경(三徑): 한대(漢代)의 장후(蔣詡)가 은거하면서 집 앞의 대나무밭에 세 갈래의 길을 만들고, 은사인 구중(求仲), 양중(羊仲) 두 사람하고만 교류한 고사에서 따온 말로, 은거 생활을 비유한다.

悉令吏種秫稻,	아전들에게 명하여 모두 차조를 심게 하자
妻子固請種粳.[8]	아내가 메벼를 심을 것을 간청하였다.
乃使二頃五十畝種秫,	결국 2경 50무에는 차조를 심고
五十畝種粳.	50무에 메벼를 심게 하였다.
郡遣督郵[9]至,	군청에서 독우를 파견하여 이르자
縣吏白應束帶見之.	현의 아전이 관디를 매고 그를 뵈어야 한다고 아뢰었다.
潛嘆曰,	도연명이 탄식하면서 말하기를,
我不能爲五斗米,	"나는 다섯 말의 녹봉을 위하여
折腰向鄕里小人.	허리를 굽히고 시골의 소인배를 맞이할 수 없다."라 하고는
即日解印綬去職,	그날로 인끈을 풀고 관직에서 떠나
賦歸去來,	「귀거래혜사」를 지어,
以遂其志曰.	다음과 같이 자신의 뜻을 드러내었다.

「귀거래혜사(歸去來兮辭)」 원문·역주 생략 [p. 47 참조]

義熙[10]末徵爲著作佐郎,	의희 말기에 저작좌랑으로 초빙되었으나
不就.	나아가지 않았다.
江州刺史王弘欲識之,	강주자사 왕홍이 그와 알고 지내고자 하였으나

---

8 갱(粳): 메벼로, '갱(秔)'과 같은 자이다.

9 독우(督郵): 태수(太守)의 보좌관으로 속현(屬縣)을 관할·순찰하며 관리의 과실을 조사하는 업무를 맡았다.

10 의희(義熙): 진(晉) 안제(安帝)의 연호(405~418)이다.

不能致也.	불러올 수 없었다.
潛嘗往廬山,	도잠이 한번은 여산을 가는데
弘令潛故人龐通之,	왕홍이 도잠의 친구인 방통지를 시켜
賫酒具於半道栗里,	길의 중간쯤 지점인 율리에 술 마실 채비를 가지고 가서
要之.	그를 기다리게 하였다.
潛有脚疾,	도잠은 다리에 병이 있어
使一門生二兒舉籃轝.	같은 문하생인 두 아이에게 남여를 메게 하였는데,
及至,	(방통지가 먼저 와서 기다리던 곳에 도연명이) 이르자
欣然便共飮酌.	기뻐하면서 곧바로 함께 술잔을 주고받았다.
俄頃弘至,	잠시 후에 왕홍이 도착하였고
亦無忤也.	역시 거슬리는 것이 없었다.

先是,	이보다 앞서
顔延之爲劉柳[11]後軍功曹,	안연지가 유유의 후군공조가 되어
在尋陽,	심양에 있으면서
與潛情款.	도잠과 사이가 좋았다.
後爲始安郡,	뒤에 시안군을 다스리게 되어
經過潛,	지나는 길에 도잠을 방문하였고

11 유유(劉柳): 동진(東晉) 사람으로 서주(徐州), 연주(兗州), 강주(江州)의 자사를 역임하였다.

每往必酣飮致醉.	찾아갈 때마다 반드시 거나하게 마셔 취하곤 하였다.
弘欲要延之一坐,	왕홍은 안연지를 초대하여 자리를 함께하고 싶었지만
彌日不得.	종일토록 만나지 못하였다.
延之臨去,	안연지가 떠나면서
留二萬錢與潛,	2만 전을 도잠에게 주고 가자
潛悉送酒家,	도잠은 모두 술집에 보내고
稍就取酒.	이따금씩 가서 술을 받아 왔다.
嘗九月九日無酒,	한번은 9월 9일[중양절(重陽節)]에 술이 없어
出宅邊菊叢中坐久之.	집 가에 있는 국화꽃 가운데에 나가서 한참 동안 앉아 있었는데,
逢弘送酒至,	마침 왕홍이 술을 보내어 이르자
卽便就酌,	곧바로 가져다 마셨고
醉而後歸.	취한 뒤에 귀가하였다.
潛不解音聲,	도잠은 음률을 잘 알지 못했지만
而畜素琴一張.	소박한 거문고 한 틀을 가지고 있었다.
每有酒適,	매번 술이 거나해지면
輒撫弄以寄其意.	번번이 그것을 어루만지며 자신의 뜻을 기탁하였다.
貴賤造之者,	귀한 이나 천한 이를 막론하고 그를 찾아가면
有酒輒設,	술을 마련하여 번번이 차려냈는데,

潛若先醉,	도잠은 만약 먼저 취하면
便語客,	바로 손님에게 말하기를,
我醉欲眠卿可去.	"내가 취해서 자고 싶으니 그대는 가는 것이 좋겠소."라고 하였으니
其眞率如此.	그의 진솔함이 이와 같았다.
郡將候潛,	군청에서 사람을 보내 도잠에게 안부하게 하였는데,
逢其酒熟,	마침 술이 익었을 때가 되자
取頭上葛巾漉酒,	머리 위의 갈건을 벗어 술을 걸렀고,
畢,	끝나자
還復著之.	다시 그것을 썼다.

潛弱年薄宦,	도잠은 젊은 시절에 낮은 관직에 있었지만
不潔去就[12]之迹.	벼슬길에 나서는 발걸음을 탐탁하게 여기지 않았다.
自以曾祖晉世宰輔,	스스로 생각하기를, 증조부가 진대(晉代)의 재상이었기 때문에
恥復屈身後代,	후대에 다시 몸을 굽히는 것을 부끄럽게 여겨,
自宋武帝王業漸隆,	남조 송 고조[유유(劉裕)]의, 왕위에 오르는 대업이 점차 무르익자
不復肯仕.	더 이상 벼슬하려 하지 않았다.

12 거취(去就): 편의복사(偏義複詞)로 '취(就)'에 뜻이 있다.

所著文章,	지은 글들은
皆題其年月,	모두 그때의 연도와 달을 썼는데,
義熙[13]以前,	의희 이전은
明書晉氏年號,	진대의 연호를 밝혀서 썼고,
自永初[14]以來,	영초 이후로는
唯云甲子而已.	오직 갑자를 썼을 뿐이었다.
與子書以言其志,	아들들에게 글을 써서 자신의 뜻을 말하고
幷爲訓戒曰.	아울러 훈계하였으니, 내용이 다음과 같다.

「여자엄등소(與子儼等疏)」 원문·역주 생략 [p. 134 참조]

又爲命子詩以貽之.	또 「명자」라는 시[p. 143 참조]를 지어서 그들에게 주었다.
元嘉[15]四年,	원가 4년(427)에
將復徵命,	장차 다시 조정에서 초빙하려고 하였는데
會卒.	마침 죽었다.
世號靖節先生.	세간에서 '정절선생'이라고 시호를 지었다.[16]

其妻翟氏,	그의 아내 적씨도

13 의희(義熙): 진(晉) 안제(安帝)의 연호(405~418)이다.

14 영초(永初): 남조 송(宋) 무제(武帝)의 연호(420~422)이다.

15 원가(元嘉): 남조 송(宋) 문제(文帝)의 연호(424~453)이다.

16 도연명이 죽자 안연지(顔延之)가 「도징사뢰(陶徵士誄)」를 짓고 정절선생(靖節先生)이라는 사시(私諡)를 올렸다.

志趣亦同,	뜻과 취향이 또한 같아서
能安苦節,	부지런히 애쓰는 것을 편안히 여길 수 있어서
夫耕於前,	남편이 앞에서 밭을 갈면
妻鋤於後云.	아내는 뒤에서 호미질을 하였다.

◈—참고문헌

1. 도연명집 역주

逯欽立, 『陶淵明集』, 臺北, 里仁書局, 1985.

孫鈞錫, 『陶淵明集校注』, 新鄉, 中州古籍出版社, 1986.

陶澍, 『靖節先生集』, 臺北, 華正書局, 1987.

楊勇, 『陶淵明集校箋』, 臺北, 正文書局, 1987.

郭維森·包景誠 譯注, 『陶淵明集全譯』, 貴陽, 貴州人民出版社, 1996.

『韓譯 陶淵明全集』, 車柱環 譯, 서울대학교 출판부, 2001.

『도연명전집(陶淵明全集)』, 이성호 역, 문자향, 2001.

『도연명전집(陶淵明 全集)』, 이치수 역주, 문학과지성사, 2005.

『도연명집 1·2』, 임동석 역주, 동서문화사, 2010.

『도연명(陶淵明)』, 김학주 역, 명문당, 2013.

『도연명시집』, 김창환 역주, 연암서가, 2014.

『도연명전집(陶淵明全集)』, 양회석·이수진 옮김, 지식을만드는지식, 2020.

2. 도연명 연구저작

黃仲崙, 『陶淵明作品研究』, 臺北, 帕米爾書店, 1975.

方祖燊, 『陶淵明』, 臺北, 國家出版社, 1975.

劉維崇, 『陶淵明評傳』, 臺北, 黎明文化事業股份有限公司, 1978.

廖仲安, 『陶淵明』, 上海, 上海古籍出版社, 1979.

梁啓超, 『陶淵明』, 臺北, 中華書局, 1980 四版.

鍾優民, 『陶學史話』, 臺北, 允晨文化事業股份有限公司, 1987.

李辰冬, 『陶淵明評論』, 臺北, 東大圖書股份有限公司, 1991.

李華, 『陶淵明新論』, 北京師範學院出版社, 1992.

陳怡良, 『陶淵明之人品與詩品』, 臺北, 文津出版社, 1993.

金昌煥, 『도연명의 사상과 문학』, 서울, 을유문화사, 2009.